海月奇談 上

椹野道流

white heart

講談社X文庫

目次

物紹介

●天本《あまもと》 森《しん》

二十九歳。ミステリー作家。デビュー作をいきなり三十万部売ってしまった、派手な経歴の持ち主。のみならず霊障《れいしょう》を祓《はら》う追《つい》儺《な》師《し》として「組織」に所属。虚無的な台詞《せりふ》を吐く折もあるが、その素顔は温かい。悲しく怖ろしい数々の出来事のために凍《い》てついていた彼の心を、解かし、癒《いや》したのは、敏生との生活。何物にも代えがたいその日々に、いま、見えない危機が忍びよる——。

●琴平敏生《ことひらとしき》

二十歳。蔦《つた》の精霊《せいれい》である母が禁を犯《おか》して人とのあいだにもうけた少年。その身体《からだ》を流れる半分の異種の血によって、常人には捉《とら》え得《え》ぬものを見聞きし、また、母の形見の水晶珠《すいしょうだま》を通じて、草木の精霊の加護と、古《いにしえ》の魔道士の加勢とを得ることができる。「裏」の術者たる天本の助手として「組織」に所属。大好きな人々と過ごす時間——それこそが少年の最も大切なものだったのに。

登場人物

●龍村泰彦《たつむらやすひこ》

天本森の高校時代からの親友。現在、兵庫県下で監察医《かんさつい》の職にある。奇抜な服装センスが特徴の、豪快《ごうかい》な大男。天本と敏生のよき協力者であり、理解者である。

●小一郎《こいちろう》

天本の使役《しえき》する要《かなめ》の「式《しき》」で、天本に従う式神《しきがみ》どもの束ねの役を負う。物言いは古風だが、妖魔《ようま》としては若い。通常、羊人形に憑《よ》り、顕現《けんげん》の際に青年の姿をとる。

●早川知足《はやかわちたる》

「組織」のエージェント。本業は外国車メーカーの販売課長。如才なく、人目にたたず、絶妙の呼吸をはかる術に長《た》け、しかしその背景は謎《なぞ》に包まれていた……が。

●河合純也《かわいすみや》

盲目の追儺師《ついなし》。術者として駆けだしであったころの、天本の師匠。通称・添《そ》い寝屋《ねや》。その名のとおり、添い寝をすることで魔の正体を見切り、封じる力を持つ。

イラストレーション／あかま日砂紀《ひさき》

海月奇談 上

一章　予感の波紋

「よっ。二人とも、元気にしとったかー？」

そんな言葉とともに河合純也《かわいすみや》が天本《あまもと》家を訪れたのは、二月の半ばの酷《ひど》く寒い日の夕方だった。

ちょうど夕飯の支度にかかっていた天本森《しん》は、ジーンズの腰にソムリエエプロンを巻き付けたままの姿で、台所を出た。

玄関に飛んでいった森の同居人であり弟子であり、そして恋人である琴平敏生《ことひらとしき》が、河合の手を引いて廊下をゆっくりと歩いてくる。

河合は、霊障《れいしょう》解決業における森の師匠にあたる人物である。両目が不自由なので、途中から裏の術者にランクアップした森と違い、ずっと表の術者として、比較的危険度の低い仕事を主にこなしてきた。

そんな河合のパートナーと言えるのが、彼の体内に共生している貘《ばく》の姿の妖魔《ようま》「たつろう」である。夢魔に取《と》り憑《つ》かれた依頼人のもとへ赴き、ともに眠ることで、河合は依頼人の夢の中に入り込むことができる。そこで、夢魔を「たつろう」に喰《く》わせ、霊障《れいしょう》を解決するのだ。

生来の怠け癖と目の不自由さにかまけ、困難な仕事は滅多《めった》に受けない河合だが、術者としての能力の高さは、弟子である森が誰より知っている。

森が初めて自分ひとりで事件を手がけたとき、思い上がりから致命的なミスを犯し、当時の恋人である杉本《すぎもと》霞波《かなみ》を事故死させてしまった。そのとき、森だけでなく、彼の師匠であった河合も「組織」から処罰を受け、数年間の国外生活を余儀なくされた。

二人が再会したとき、河合はそんな放浪生活を「あちこちの姉ちゃんと懇《ねんご》ろになれて、楽しかった」と笑い飛ばし、森を一言も責めはしなかった。それどころか、今日のように、天本家に時折遊びに立ち寄るようになった。

森はそんな河合に深く感謝していて、彼が訪ねてきたときは、いつも手厚くもてなす。敏生も、龍村《たつむら》とはまた違う「兄貴分」である河合を、心から慕っていた。

赤ん坊の頃に親に捨てられ、施設で育ったという重い過去を背負っているにもかかわらず、河合はいつも温厚で呑気《のんき》な人柄をしている。そして、本人が「永遠の二十五歳」と宣言したとおり、森と出会った頃から少しも年を取らない。もう四十を過ぎているのに、未《いま》だに大学生のような風貌《ふうぼう》と服装をしているのだ。

「しばらくぶりですね、河合さん。どうしました？　また恋人と喧嘩《けんか》でも？」

森は微笑を浮かべ、つきあいの長い弟子ならではの遠慮のない言葉で河合を出迎えた。

河合のほうも、少しも気を悪くせず、へらへらと頭を掻《か》いて笑った。

「喧嘩《けんか》なんか通り越して、三行半《みくだりはん》を喰《く》ろうてしもたわ。おかげで、一昨日《おととい》からろくすっぽ食うてへんねん。テンちゃん、飯たからして」

そのあまりに河合らしい台詞《せりふ》に、森と敏生は顔を見合わせて苦笑いする。敏生は、明るい声で言った。

「天本さん、これから晩ご飯作るところだったんですよ。相変わらずタイミングいいですね、河合さん」

「へえ、ホンマか」

森は居間の暖炉に薪《まき》を足しながら言った。

「ええ。まだ野菜の下ごしらえを終えたところですから、冷蔵庫の中身が許す範囲でリクエストにお応《こた》えしますよ。何が食べたいですか？　二日ぶりのまともな飯なら、さぞ腹が減っておいででしょう」

居間のソファーにどっかと落ち着いて、河合は「んー」と曖昧《あいまい》な返事をした。

「べつに何でもええねんけど、あっさりしたもんが食いたいねん」

いつもは天本家に来ると、コロッケだロールキャベツだビーフシチューだと、どちらかといえばこってりした料理を食べたがる河合である。珍しい発言に、森も敏生も同じ方向に仲良く首を傾《かし》げた。

「どうしたんですか？　河合さんが、あっさりしたものだなんて。どっか具合悪いんですか？　風邪《かぜ》でも？」

　敏生に心配そうに問われ、河合は眉尻《まゆじり》を下げた情けない笑顔で、自分の削《そ》げた腹を撫《な》でさすった。

「いや、最近ちーと胃の具合が悪《わろ》うてな。見てくれと気ぃと肌年齢は若《わこ》うても、内臓年齢はしっかり中年っちゅうことや。あんまり脂っこいもんばっかりはもう食われへんわ」

　敏生はそれを聞いて、優しい顔を曇らせた。

「大丈夫ですか？　河合さんはもとから細いから痩《や》せたかどうかわかんないですけど、もしかしてコンビニ弁当とかジャンクフードばっかり食べてたんじゃないですか？　身体《からだ》に悪いですよ」

「ホンマやなー。これからはちーと自重せんとアカンみたいや」

「そうですよ」

「そういう君も、最近スナック菓子を食い過ぎだぞ、敏生。まるで俺が、ろくに食わせていないみたいじゃないか」

　森は敏生の頭をポンと叩《たた》いて、ついでのように小言を言う。敏生は首を縮こめ、チロリと舌を出した。

「では、何か消化の良さそうなものを作ってみますよ。しばらくそこでくつろいでいてください。敏生、河合さんにお茶でも……いや、胃の具合がよくないなら、葛湯《くずゆ》のほうがいいかな。作ってあげてくれ」

「はあい。ちょっと待っててくださいね、河合さん」

森について、敏生もいそいそと台所に入る。河合は深くソファーにもたれ、まるで目が見えているかのように、ぐるりと首を巡らせた。

暖炉ではあかあかと火が燃え、時折太い薪《まき》が爆《は》ぜる音がする。部屋は暖かく、アロマキャンドルでも燃やしたのか、微《かす》かなローズマリーの香りがした。それを覆い隠すように、さっきまで刻んでいたらしいタマネギの匂《にお》いも漂っている。

「家庭……っちゅう感じやなあ」

くんくんと兎《うさぎ》のように鼻をうごめかせ、河合はひとりごちた。ちょうど、熱々の葛湯を持って戻ってきた敏生が、それを聞きつけて首を傾《かし》げる。

「何ですか？」

河合は、へへ、と笑って鼻の下を指で擦《こす》った。

「何や、君とテンちゃんが相変わらず仲むつまじそうでええなあ、って思てたんや」

それを聞いて、敏生はたちまち目元をほんのり染める。

「や、やだなあもう。何で匂いを嗅《か》いで、そんなことがわかるんですよう」

「そらわかる。目ぇ見えん代わりに、俺の鼻と耳は人の倍働きよるからな。うまいこといってへん家に来ると、何ちゅうかこう、トゲトゲした居心地悪い匂《にお》いがするもんや」

「へえ、そんなもんなのかなあ」

「せや。ここはいつ来ても、生活の匂いっていうんかなあ、優しい雰囲気があんねん。……そういえばいつぞやは、家じゅう甘ったるい匂いがしていたたまれへんかったな」

「あ、あれは天本さんがおやつ用のクッキーを大量生産してたからですよう」

「いかにもラブラブの匂いって感じやったでー。ははは」

「ええ、そんなあ……」

「……河合さん。敏生をからかわないでくださいよ。敏生、冷めないうちに……」

台所から顔だけひょいと覗《のぞ》かせた森が、渋い顔で横やりを入れる。敏生は慌てて、盆の上の湯呑《ゆの》みを河合の手に握らせた。

「ああそうだ。せっかく熱いの作ったのに。はい、葛湯《くずゆ》。スプーン刺さってますから、よく掻《か》き混《ま》ぜて」

「ああ、おおきに。琴平君の分もあるのんか？」

「ありますよ。河合さんと一緒に飲もうと思って。横、いいですか？」

敏生は河合の隣に腰を下ろした。河合は、湯呑みの中身に鼻を近づけて匂いを嗅《か》ぎ、ニイッと蛙《かえる》のような顔で笑った。

「へえ、生姜《しょうが》のええ匂《にお》いすんなあ。そっちは？」

「僕のは抹茶味ですって。こないだね、早川《はやかわ》さんがくれたんです。年寄りくさいけど、寒いときは美味《おい》しいからって」

敏生は丹念に葛湯《くずゆ》を混ぜ、とろとろになったところで少し吹き冷まして嬉《うれ》しそうに口に運んだ。何を与えられても美味しそうに食べる能力が、敏生にはあるらしい。河合も葛湯をすすり、大仰な溜《た》め息《いき》をついた。

「んー、初めて飲んだけど、なかなかのもんやな。こんなんが旨《うま》いようになったら、ますます老《ふ》け込《こ》む気がするわー」

「何言ってるんですか、僕だって美味しいですよ。あ、そうだ、これ食べ終わったら、河合さんと遊ぼうと思ってたものがあるんです」

「へえ？　オレとか？」

「ええ。音ゲーっていって、イヤホンで音を聞きながらプレイするゲームなんです。こないだ新宿《しんじゅく》に行ったとき見つけて、これなら河合さんも遊べるやって。気に入ったら、持って帰ってくださいね」

「お、太っ腹やなあ。おおきにー」

「えへへ。たまにはプレゼントです」

「そっか。ほな、来年の正月には、お年玉でもあげんとアカンな」

そんなほのぼのとした二人の会話が、台所まで聞こえてくる。

(まるで、祖父と孫だな)

森は笑みを零《こぼ》しながら、手際《てぎわ》よく刻んだ野菜を鍋《なべ》に放《ほう》り込《こ》み、もう一つの鍋に両手いっぱいに摑《つか》んだかつお節を放り込んだ……。


小一時間で、夕飯の支度が調った。河合のリクエストどおり、湯豆腐に野菜の炊き合わせ、それに白身魚の煮付けと卵入りのおじやといういかにもあっさりした料理がテーブルに並ぶ。

森の予想どおり、敏生はあからさまに物足りなそうな顔をした。森は仕方なく、明日の夕飯のおかずだからな、と念を押して、スープボウルに一杯だけ、クリームシチューをつけてやった。

敏生はいつものように河合の手を取り、それぞれの器に触れさせて、中身の説明をしてやる。河合はそれにふんふんと耳を傾け、いかにも旨《うま》そうに料理を口に運んだ。だが、いつもに比べれば、心なしか食べる量が少ない。

森は食後のお茶を勧めつつ、河合に訊《たず》ねた。

「それで？　胃のほうは大丈夫ですか？　それとも、料理が口に合いませんでしたか。あまり食が進まなかったようですね」

河合は熱いほうじ茶を啜《すす》り、面長の顔のわりに大きな口を引き伸ばしてニイッと笑った。

「いや、十分食うたで。年取ったら、だんだん食われへんようになるもんやねん。そんな心配せんでも、久しぶりにちゃんとした飯食うたら、胃袋の奴《やつ》、ご機嫌を直しよったらしいわ。ホンマ、いつも旨《うま》いもん食わしてくれて、おおきにな」

「それならよかったんですが」

敏生は、森がお茶と一緒に出したデザートの羊羹《ようかん》をもぐもぐと頬張《ほおば》りながら、だったら、とやや不明瞭《ふめいりょう》な口調で言った。

「新しい恋人ができるか、胃が治るかするまで、ずっとうちでご飯を食べればいいのに。そしたら、すぐにもっと調子よくなりますよ。ねえ、天本さん」

森も苦笑して頷《うなず》く。

「河合さんのことなら、すぐに新しい『いい人』が見つかるでしょう。それまで敏生の言うとおり、うちに食事に来てくださっていいですよ。ご迷惑でなければ、ですが」

だが河合は、にこにこしつつもかぶりを振った。

「そうしたいのはやまやまやねんけど、そうもいかへんねん」

敏生は首を傾《かし》げる。

「どうしてですか？　あ、もしかして、もう次の人が？」

「違う違う、今は一応これでも失恋モードやねんで、オレ。せやし、明日からしばらく旅暮らしをすることにしたんや。傷心旅行っちゅう奴《やつ》やな」

「し、傷心旅行？」

敏生は耳慣れない言葉に目を丸くする。森は、河合の湯呑《ゆの》みにほうじ茶を注《つ》ぎ足《た》してやりながら、さりげなく訊《たず》ねた。

「というと、仕事ですか」

「せや。早川さんから受けた仕事でなー。夢魔退治やねんけど、あっちこっち巡って何件か立て続けにやるし、ちょいと暇かかるねん。まあ、早川さんが全部宿取ってくれたから、コンビニ弁当よりはええもん食わしてくれるやろ。心配せんといてや」

「仕事のことは心配しませんが、食事だけは本当に、きちんと食べてくださいよ。毎日敏生の食いっぷりを見ているせいか、食の細い人を見ると気になって仕方がない」

「あー、天本さんってば。そんなところで僕を引き合いに出さなくたっていいじゃないですか。そんなこと言う天本さんが、誰より小食のくせに」

むくれながらも、敏生は手にした爪楊枝《つまようじ》をもう一切れの羊羹《ようかん》に突き立てる。河合は相変わらず呑気《のんき》に笑いながら、後ろ手で居間のソファーを指さした。

「琴平君に比べたら、世界中の九割の人が小食やろ。テンちゃん誰と飯食うても心配せんとアカンようになるで。あ、それで思い出したわ。琴平君、さっきオレが座ってたとこに、ビニール袋があるやろ。あれ持ってきてんか」

「はいっ」

敏生は羊羹《ようかん》を置き、身軽に立ち上がる。そして、大ぶりなスーパーの袋を両手で提げて戻ってきた。

「これですか？　何だか、植木が入ってる」

「植木？」

腰を浮かせて袋の中を覗《のぞ》いた森は、軽く眉根《まゆね》を寄せた。河合は、うんうんと機嫌よく頷《うなず》く。

「それな、でかいけど鉢植えやねん。もとは別れた姉ちゃんの持ちもんなんやけど、出ていくときに置いていってしもた」

敏生は、ガサゴソと袋を開き、中身を出してみた。まだ幹が細く、折れそうに弱々しい木だった。葉がすべて落ちてしまい、まったく見栄《みば》えがしない。鉢も小さすぎて、あまりいい生育状態には見えなかった。森と敏生は無言で顔を見合わせる。

二人の当惑の気配を感じたのだろう。河合はちょっと困ったように頭をバリバリ掻《か》いて言った。

「いやー、何かアレやで。今は冬やから貧相やけど、春になったらちゃんと葉が出て、そのうち花も咲くらしいで」

「へえ。何ていう木なんですか、これ」

「聞いたけど、忘れてしもた。手土産《てみやげ》っちゅうには今いちすぎるかもしれへんけど、このままオレ留守にしたら、その間に枯れてしまうやろ？　テンちゃんとこやったら庭もあるし、面倒みたってくれへんかなあ」

「構いませんよ。春まで家の中に置いて、暖かくなったら庭に植え替えてやります。上手《うま》く育つかどうかは保証できませんが」

そんな森の諦《あきら》め含《ふく》みの返事に、河合は満足げに頷《うなず》いた。そして、目が見えないとは思えないほどの正確さで、自分の椅子《いす》の脇《わき》にしゃがみ込んで鉢植えの木を眺めている敏生の頭に触れた。温かな手のひらで、探るように敏生の髪を掻《か》き混《ま》ぜる。

「今日の土産は、食われへんもんで悪かったな。旅先で、何ぞ旨《うま》いもん見つけたら買って送ったるし、楽しみにしとき」

「いいですよう、そんなの。河合さんが来てくださるだけで嬉《うれ》しいし、植木だって大好きだから嬉しいです。どんな花が咲くのかな。大事に育てますね」

「うん。そうしたってや。……ほな、オレもう行くわ。今晩のうちに、荷物まとめてしまわんとな」

河合は、敏生の頭を杖代《つえが》わりにして立ち上がる。敏生は、そんな河合のシャツの胸ポケットに、さっき一緒に遊んだゲームを入れてやった。

「じゃあ、旅先で暇つぶしにこれで遊んでくださいね」

「うん。おおきにな」

ごく自然に差し出された敏生の腕に摑《つか》まり、河合は玄関へと向かう。擦り切れる寸前のバスケットシューズを引っかけた河合に、少し遅れてやってきた森は、小さな包みを手渡した。

「何や？」

「残った飯で、おにぎりを作っておきました。夜食か朝食にでもなさってください。本当は粥《かゆ》にしたいところですが、河合さんの家には電子レンジなどないでしょうから」

「おっ。おおきに。えらい気が利《き》くなあ。ありがたくもらって帰るわ。ほな、しばらく会われへんけど、二人とも元気でな」

「河合さんも」

「また遊びに来てくださいね」

二人に家の外まで見送られ、河合はのんびりした足取りで、角を曲がって通りの向こうへと消えていった。

家に入って食器を片づけながら、森は敏生をからかった。

「魚のフライにするはずだったのに、いきなり和食に路線変更で残念だったな」

皿を運んできた敏生は、ぷうっと頰《ほお》を膨らませる。

「そんなことないですよう。魚のフライは大好きですけど、煮付けだって凄《すご》く美味《おい》しかったです。……あ、でもせっかくタルタルソース作ったの、無駄になっちゃいましたね」

「いいさ。冬だし、二日くらいはもつだろう。明後日《あさって》はエビフライにでもするか」

「ホントですか？　やったあ。エビフライ大好き！」

素直な喜びを示す敏生に、森は笑いながらこう言った。

「それはそうと、河合さんが持ってきたあの鉢植えをどこか暖かいところに置いてやれ。土が乾いていたようだから、水もやったほうがいいだろうな」

「あ、そうですね」

敏生は納戸《なんど》からプラスチックの受け皿を捜してきて、鉢植えの下に敷いた。そして、鉢植えを他の植木鉢と一緒に、暖炉近くの窓際《まどぎわ》に置いた。葉が一枚もないので、もう枯れ木のようにも見える細い幹に、指先でそっと触れる。

「あ……生きてる」

蔦《つた》の精霊《せいれい》の血を引く敏生には、乾ききった木肌の下に流れるささやかな樹液を……木の命を感じることができた。よくよく見れば、枝の先に固くて小さな芽のようなものも見える。

「ちゃんと生きてるんだね。よかった。今度、天気のいい日に大きな鉢に植え替えてあげるよ。春までに、少しでも元気になってほしいから」

そう言って、敏生は樹皮を優しく撫《な》でてから立ち上がった。居間のローテーブルに置きっぱなしだった葛湯《くずゆ》の入っていた湯呑《ゆの》みを両手に一つずつ持って、台所へと向かう。

洗い物をしていた森は、顰《しか》めっ面《つら》で敏生から湯呑みを受け取った。

「もっと早く持ってこいよ。しばらく浸《つ》けておかないと、葛がこびりついて取れないじゃないか」

「う、すみません。河合さんとゲームで盛り上がっちゃって、つい」

「……しようのない奴《やつ》だ。だが、二人とも楽しそうに遊んでいたな」

「地味なゲームですけど、意外に白熱するんですよ。あ、天本さんもやりたかったですか？」

「俺はいいよ。あの手の遊びは苦手なんだ」

森は湯呑みに水を満たして放置し、手を拭《ふ》いてエプロンを外した。敏生は、マグカップ二つにコーヒーを淹《い》れ、カップボードからクッキージャーを取り出した。時刻は午後八時を過ぎたあたり、二人がいつも居間でくつろぐ時間帯なのである。

ソファーに並んで腰掛け、ミルクをたっぷり入れたコーヒーを飲みながら、敏生はテレビを見、森は読みかけの本を広げた。いつもの夜の過ごし方だ。

スペイン製の青い陶器の壺《つぼ》からクッキーをつまみつつ、敏生は森の横顔を窺《うかが》って話しかけた。

「ねえ、天本さん」

「うん？」

読書に没頭していたわけではないらしく、森は本から顔を上げ、敏生のほうを見る。敏生はホッとして、マグカップをテーブルに置いた。

「天本さんも、前は河合さんみたいに、何週間も旅暮らしをして霊障《れいしょう》解決の仕事をしたりしてたんですか？」

森は再び本に視線を戻し、こともなげに答えた。

「そうだな。作家になる前は、平気で一か月二か月家を空けて仕事をしていたな。作家になってからも、締め切りがないときはよく出掛けたよ」

「小一郎《こいちろう》をお供にして？」

「ああ」

ローテーブルの上には、森の式神《しきがみ》小一郎がねぐらにしている小さな羊人形が、前足を揃《そろ》え、お尻《しり》をペタンとついた可愛《かわい》らしい格好で座らせてある。

どうやら小一郎は、庭ではなく、人形の中にいたようだ。二人の視線を受けた羊人形は、クタクタの前足で頭を抱えるようにして、こてんと横になってしまった。主に敏生に向かって、こっちに話を振るなと訴えているらしい。

敏生はクスリと笑い、森に軽くもたれかかった。森は小さく嘆息して、本を閉じ、肘掛《ひじか》けに置いた。敏生と一緒に居間にいて、読書に専念できたためしはない。いつもテレビに飽きた敏生がこうして話しかけてきて、結局……有《あ》り体《てい》にいえば、いちゃつきながらお喋《しゃべ》りに興じることになってしまうのだ。

「美代子《みよこ》が出ていってひとり暮らしになってからは、誰も待つ人がなかったから、平気で長く家を空けた」

「それこそ旅暮らしって感じで？」

敏生の肩を緩く抱き、森は傍《かたわ》らの優しい温《ぬく》もりを感じながら言った。

「ああ。あの頃は、ただやみくもに仕事をしているのがいちばん楽だった。羊人形をポケットに突っ込んで、仕事先から他の仕事先へと、気ままな旅をしていたな。この家自体は存在していたが、そこは俺にとって本当の意味での『家庭』ではなかったから、さして帰りたいとも思わなかったんだ。……そう、君を見つけたあの夜まではね」

「天本さん……」

森は、どこか悪戯《いたずら》っぽい目つきで言った。

「家の前で君を拾って、久しぶりに自分以外の誰かが家にいることになった。最初の一週間、君は眠ってばかりで、俺はそんな君を叩《たた》き起《お》こしては三度三度飯を食わせたっけな」

敏生は恥ずかしそうに鼻の頭を指先でカリカリ掻《か》きながら笑った。

「僕はそのときのことあんまり覚えてないんですけど……何か、寝ながらご飯だけはしっかり食べてたって、天本さん言ってましたよね」

森も可笑《おか》しそうに笑って頷《うなず》いた。

「ああ。凄《すご》かったぞ。いくら起こしても目が開かないから、両脇《りょうわき》を抱えてベッドから引きずり出して、無理やりテーブルに着かせた。そうしたら薄目を開いて、船を漕《こ》ぎながら出したものをすべてもりもり掻《か》き込《こ》んでいたな」

「……うわあ……。何も喋《しゃべ》らなかったんですか？」

「ああ。当時の君には、眠ることと食うこと以外、何をする余裕もなかったんだろう。だが今にして思えば、あれは俺にとっても必要な時間だったよ」

「天本さんにとっても？」

敏生は不思議そうに首を傾《かし》げる。森は、敏生の腕を温めるように穏やかに撫《な》でた。

「馬鹿馬鹿しく聞こえるだろうが、一つ屋根の下に他人がいるというだけで、当時の俺にとっては異常事態だった。俺がどうにかそれに慣れるまで、君が何も喋らずにいてくれて……心底助かったよ」

「もしかして……天本さん、あのとき……僕が初めて天本さんとまともに話したとき、少し緊張してたんですか？」

「してたさ。少しどころか、凄《すさ》まじくね。こっちも混乱して、警察に通報もせず君を家に入れてしまったが、あのときは君の素性などこれっぽっちも知らなかったんだからな。……君が精霊《せいれい》の血を引いているらしいこと以外は何も」

「そういえば、そうですよね。僕、思いきり不審者だったんだ。……自分のことでいっぱいいっぱいで、天本さんの気持ち、全然考えてなかった」

恥ずかしいな、と呟《つぶや》き、敏生は森の胸元に頰《ほお》を押し当てた。森は、柔らかな前髪越しに敏生の額に口づける。

「今となっては、君がいないこの家なんて考えられないよ。この家を元の持ち主から託されたのは俺だが、今では、君がこの家の心臓のようなものだ」

「心臓？」

「たまに君が家を空けて、俺がひとりでこの家にいると……まるで家が仮死状態に陥ったような気がするんだ。血液の流れが止まってしまったようで、とても息苦しい。それが、君が帰ってきた途端、家じゅうが息を吹き返す。……家も……俺もね」

「天本さんってば」

抱き寄せてくる森の腕の温かさに身を委《ゆだ》ね、敏生は幸せそうに囁《ささや》いた。

「僕だって、天本さんのいないこの家は嫌です。僕がどこへ行ったってこの家に帰ってくるのは、もちろんこの家が好きだから……そして、天本さんが僕を待っててくれるってわかってるからですよ」

「それは待っているさ。どのみち君なしでは、この家も俺も時間を止めたままなんだ。君が帰ってきて時計のネジを巻いてくれるのを、ひたすら待っているしかないよ」

そんな言葉とともに、森の手が敏生の細いオトガイを優しく持ち上げる。森の首筋に両腕を回し、敏生は森の冷たい唇を、そっと受け止めた……。

いつもと変わらない、穏やかな夜。それが、森と敏生にとってもっとも過酷な事件の幕開けであることを、そのときの二人はまだ知るよしもなかった……。

＊　　＊

それから二週間ほど後。

夕方、敏生がアトリエから帰ると、森は電話中だった。ほどなく受話器を置いた森は、敏生を見て微笑した。

「ああ、お帰り。今日はえらく汚れて帰ってきたな」

敏生は自分の姿を見て、恥ずかしそうに笑った。

「今日は、絵の具で汚れたんじゃないんです。先生が静物画を描《か》くのに、物置のどこかにある古い花生けを使いたいって。それで……」

「発掘作業に従事していたわけか」

「ええ。花生けを捜してるのか大掃除してるのか、途中でわからなくなるくらいでした。だから先にお風呂《ふろ》入ってきますね。もう、頭から埃被《ほこりかぶ》っちゃって、くしゃみが止まらないんです」

「あまり廊下に埃を落とさないように行ってくれよ、客が来るから」

そんな森の言葉に、敏生は首を傾《かし》げる。

「お客さん？　今の電話ですか？」

森は頷《うなず》いて、腕に掛けていたエプロンを締めながら言った。

「早川だ。久しぶりに依頼を持ってくるらしい。河合さんも一緒だそうだ」

「へえ。河合さんの仕事、終わったんだ」

「ああ。昨日帰ってきて、今日、仕事の首尾を報告するべく、早川と待ち合わせしたらしい。どうせなら、そのまま夕飯に連れてこいと早川に言っておいた」

「じゃあ、今日の晩ご飯は賑《にぎ》やかですね。早くお風呂すませて、晩ご飯作るの手伝いますよ」

「そう急がなくてもいい。二時間ほどかかると言っていたから、ごしごし磨き上げてこい。今のままだと、君自身が十年倉庫にしまい込まれた骨董品《こっとうひん》みたいだぞ」

「あははは。じゃ、ちょっと行ってきます」

敏生がバタバタと階段を駆け上る足音を背中で聞きながら、森は台所へ引き返した。冷蔵庫を開け、適当に材料を取り出して調理台に並べる。

昨日、鶏肉《とりにく》を買ってきたので、今日は敏生の好きなチキンカツにするつもりだった。だが、一気に人数が倍増しては、メニューを変えなくては対応できない。

「オムライス……いや、河合さんの胃の具合がよくなっているかどうかわからないな。何かあっさりしたものを……。そうだな。敏生はがっかりするだろうが、今日のところは中華粥《ちゅうかがゆ》でも作ろう」

呟《つぶや》きながら、森は大きな寸胴鍋《ずんどうなべ》に湯を沸かし始めた……。

ところが。約束の午後八時が来ても、天本家のインターホンは鳴らなかった。

「遅いですねえ。どうしたんだろ」

敏生は、テーブルにぐったり伏せてぼやいた。台所からいい匂《にお》いが漂ってくるのに、ずっとお預けを喰《く》らわされて、彼の胃袋はさっきから悲鳴をあげている。

森も、台所から出てきて居間の鳩時計《はとどけい》を見上げ、眉根《まゆね》を寄せた。

「もう八時半か。おかしいな。河合さんが遅れでもしているのか……」

これまで、早川は約束より早く来ることはあっても遅刻したことは一度もない。まして、すべてにおいて周到な彼が、連絡一つ寄越さないのはどう考えても不審だった。

「仕事が仕事だ。早川が携帯電話を持っていないなんてことはないだろうにな」

実は先刻から、敏生は早川の携帯電話に連絡をつけようとしていた。だが、何度かけても留守番電話センターに直結してしまい、早川が出てくることはなかったのである。

「あ、そうだ。もしかしたら電池切れちゃったのかも。ほら、ケータイってずっと使い続けてたら、電池の減りが凄《すご》く早くなるじゃないですか」

「なるほど。それにしても、駅前なら公衆電話の一つもあるはずだ。いったいどこで何をしているやら」

森は不機嫌そうに鼻筋に皺《しわ》を寄せ、嘆息した。

「もう、先に食べてしまうかい？　腹が減ったろう」

「うー……お腹《なか》ぺこぺこですけど、でも、どうせならみんなで賑《にぎ》やかに食べたほうが美味《おい》しいし……」

「それはそうだが、俺としても、片づかなくて困るな」

おそらく、早川たちが来る時間にちょうど料理が仕上がるように準備をしていたのだろう。森は台所を見遣《みや》り、心底嫌そうな顔をした。料理の味がすっかり落ちてしまう前に、せめて敏生にだけは食べさせておきたいと思っているらしい。

（でも……やっぱり）

敏生は立ち上がって言った。

「僕、ちょっとそこいらまで見てきます」

「そうだな、せめて空腹が紛れるだろう。小一郎と一緒に行ってこい。あまり遠くまで行くなよ」

「……お呼びでござりまするか」

森の言葉を聞きつけ、忠実な式神《しきがみ》はたちどころに姿を現した。全身を黒のレザーで固めた小一郎は、どこから見てもハードロック系青年である。

「ああ。聞いたとおりだ。敏生についていけ」

「御意《ぎょい》」

小一郎は無造作に敏生の襟首を摑《つか》むと、猫の子のように引き上げた。おかげで敏生のつま先が、危うく床から浮きそうになる。

「何というだらしない格好をしておるのだ。お前は、塩をかけられたナメクジか！　さあ、とっとと行くぞ」

「うー。ちょっと待って。ケータイ取ってくる」

敏生は空腹のあまりフラフラしつつ、二階へ上がった。ダッフルコートを羽織り、ポケットに携帯電話を突っ込む。去年のクリスマスに森から贈られたニットキャップを被《かぶ》って、外出の準備は完了である。

再び階段を駆け下りた敏生は、もうブーツを履き終えてイライラと待っていた小一郎と連れだって家を出た。

「ふわあ、寒いねえ」

暗い夜道を、敏生は白い息を盛大に吐きながら歩く。ミトンをはめていても、指先がかじかむほど冷え込みの厳しい夜だった。夜空に光る真っ白な月が、やけに高く遠く見える。

両手をジャケットのポケットに突っ込み、小一郎は肩を怒らせて大股《おおまた》に歩いていく。

「しかしお前も物好きだな。あ奴《やつ》らのことなど、放《ほう》っておけばよかろうが」

「そうはいかないよ。心配じゃないか。……っていうか、小一郎、早川さんたちの居場所、わからないの？　僕の居場所はいつだってすぐ嗅《か》ぎつけて飛んでくるじゃないか」

敏生のぶしつけな言葉に、式神《しきがみ》はキリリと眉《まゆ》を吊《つ》り上《あ》げる。

「そのような無礼な物言いをするでない！　俺は自動二輪車ではないのだぞ」

「自動二輪車……？　う……？」

小一郎の言葉の意味が理解できず、しばらく首を捻《ひね》っていた敏生は、突然プッと噴き出した。

「あははは！　自動二輪はスクーターだよ。小一郎が言いたいのは、ストーカーでしょ」

「む、そ、それだ。そのすとーかー、とやらいう変質者ではないのだぞと、そう言いたかったのだ！　そのくらい察せぬか！」

小一郎は照れ隠しに敏生のニットキャップの頭をはたき、そっぽを向いてしまう。敏生はまだクスクス笑いながら、片手で頭を大袈裟《おおげさ》に撫《な》でさすった。

「もう、すぐそうやって暴力振るうんだから。でも、どうして僕の居場所が、あんなにすぐわかっちゃうの？　天本さんはまあ、ご主人様だから居場所をいつも知ってるってのはわかるんだけど……。まさか、ホントに僕の跡をつけ回してるとかそんな……あいたッ」

今度はゲンコツで頭を殴られ、敏生は今度こそ涙目で頭を押さえる。小一郎は、嚙《か》みつくように言った。

「俺はそこまで暇でも物好きでもないわ、この大うつけ。忘れたか。お前は俺と『契約』したであろうが！」

「契約……？　あ、そういえば」

敏生が森と同居し始めてほどなく、森は小一郎に、敏生を守るようにと言いつけた。そのとき小一郎は、敏生の寝込みを襲うようなかたちで、キス……もとい、「契約」を交わしたのだ。

人気のない表通りを肩を並べて歩きながら、敏生は感心しきりの顔つきで言った。

「あれ、ホントに『契約』だったんだ。嫌がらせかと思ってた」

「馬鹿者。ああやって俺の印をお前につけ、お前の匂《にお》いを俺が覚えた。それゆえ、お前の

居場所はたちどころに知れる」

「へえ、そうなんだ。……そうか、早川さんとは契約なんてしてないもんね」

「うむ」

「じゃあ、河合さんは？　小一郎、天本さんに捕まったとき、河合さんも一緒にいたんでしょう？」

「う……うむ」

あまり昔の「スライム時代」には触れられたくないのだろう、小一郎は顰《しか》めっ面《つら》で急に言葉を濁す。だが敏生は、執拗《しつよう》に追及した。

「河合さんのことは？　やっぱり河合さんの居場所はわかんないの？　それとも、ご主人様の師匠だから、ある程度わかるの？」

「………」

小一郎はしばらく唇をへの字に曲げていたが、いかにも嫌々ながら素直に答えた。

「確かに、俺は、河合どのの助力を受けた主殿《あるじどの》に捕らえられた。主殿の師匠ゆえ、河合どののもうひとりの主のようなものだ。あの御仁には逆らえん。……だが、居場所までは知らぬ」

「そうなの？」

不思議そうに首を傾《かし》げる敏生に、小一郎は、両手をジャケットのポケットに突っ込み、憮然《ぶぜん》として答えた。

「ああ。あの御仁は、あれで食えないお人よ。普段は気を完璧《かんぺき》に殺しておられるゆえ、妖《よう》魔《ま》の俺にも居所を摑《つか》めぬのだ」

敏生は感心して目を見張る。

「へえ。確かに、河合さんってちょっと猫みたいなとこあるよね。いつもはのんびりしてるのに、時々ビックリするくらい……目が見えないなんて信じられないくらい素早く動くことがあるし」

「ああ。まこと、不思議なお方だ。昔からな」

「……じゃあ、今も全然、河合さんの気配は感じられないの？」

「まったく駄目だ。そうでなければ、お前につきあってこんなところをぐずぐず歩いてなどおらぬわ」

「それもそうか。……はー、それにしても、二人ともどこにいるんだろう。ケータイが通じないのがネックだよねえ」

「迷惑なことだな。……とりあえず、駅に向かって歩いてみるか。この道が、駅への近道であろう？」

「うん。この道がいちばん広いし明るいし、駅からまっすぐ来られるし。僕なら、わざわざ他の道は歩かないと思うんだ」

「そうか。では行くぞ。とっとと歩け」

敏生と違って寒さを感じない小一郎は、吹きつける冷たい木枯らしなどものともせず、ドカドカと胸を張って歩いていく。敏生はそんな小一郎を風よけにするように、森ほどではないがそれなりに広い背中に隠れて歩いた。

……と。

あと十分ほどで駅に着くというところで、小一郎は急に足を止めた。おかげで、小一郎の背中に隠れ、首を縮こめてうつむき加減に歩いていた敏生は、思いきり小一郎に頭突きをしてしまう。

「……む……」

だが小一郎は、それを咎《とが》める余裕もないようだった。怖い顔で、空気の匂《にお》いを嗅《か》ぐようにこころもち顎《あご》を上げ、四方を見回す。敏生は不思議そうに、そんな小一郎を見た。

「あいたたた、鼻ぶつけちゃった。……小一郎？　どうしたのさ、いったい。何かの匂い嗅いでるの？　確かに、どこかの家から美味《おい》しそうな匂いが漂ってくるけど……」

「馬鹿者めが。俺はお前のように食い意地が張ってはおらぬ。……そうではない。妙な気配を感じるのだ」

「妙な気配？」

敏生も、キョロキョロと周囲を見回した。

疎《まば》らな街灯が、路面を寒々しく青白い光で照らしている。通りの両側にある家々の窓には、それとは対照的にオレンジ色の暖かな灯《あか》りが点《とも》っていた。もうみんな居心地のいい自宅に帰り着いたのだろう。通行人の姿はどこにも見あたらなかった。

「べつに何もないみたいだよ。誰もいないし……。早川さんと河合さんもいないけどさ」

「黙れ！」

敏生の言葉を、小一郎は鋭く遮った。その声と、式神《しきがみ》が突然全身から放ち始めた背筋がピリピリするような殺気を感じ、敏生もおとなしく口を噤《つぐ》む。幼い顔に、初めて緊張が走った。

「……小一郎？　いったい何を感じてるの？」

声を潜めて問いかける敏生の胸を、小一郎は強く突き飛ばした。不意をつかれて、敏生は小さな悲鳴をあげてよろける。

「わッ……な、何するのさ！」

「お前は家へ戻るがいい。あの二人は、俺が捜す」

「急にどうしたの？　ここまで来て帰れなんて。あ、もしかして小一郎、あの人たちが今どこにいるかわかったの？」

小一郎は、毛を逆立てる猫のように警戒心を露《あらわ》にして、敏生を睨《にら》みつけた。

「ガタガタ言うな。家へ帰れと言っているであろうが」

「やだよ！　何もわからずに、こんなところまで来て帰れって言われても、素直に聞けるわけないだろ」

小一郎が何らかの危険を察知していると気づいた敏生は、小一郎のレザージャケットの袖《そで》を掴《つか》んだ。小一郎は眦《まなじり》を吊《つ》り上《あ》げる。

「うつけッ」

「そんな怖い顔しても駄目だよ。小一郎、あの二人に何かよくないことが起こったって感じてるんでしょう？　だったら、僕も行く。あんまり役に立たないかもしれないけど、ひとりより二人のほうが安全だよ。……どこなの？」

「…………」

小一郎と敏生は、しばらく黙って睨《にら》み合《あ》った。だが、小一郎とてだてに敏生と何年もつきあってきたわけではない。こういうときの敏生が一歩も退《ひ》かないことは、式神《しきがみ》にもよくよくわかっていた。それで小一郎は、乱暴に敏生の手を振り払い、こう言った。

「……確かに、お前は大うつけゆえ、ひとりで帰らせては、その途中他の厄介ごとに巻き込まれぬとも限らぬな」

「小一郎……」

「俺とて、奴《やつ》らに何があったか、奴らがどこにおるかは、まだわからぬのだ。だが、不快な『気』の流れを感じる」

「不快な『気』の流れ……。それを追っていけば、二人のところに？」

「わからん。だが、全身を毛虫が這《は》うような感覚が去らぬのだ。……来い、うつけ。決して俺から離れるな」

「わかった」

敏生は小一郎の浅黒い顔を見上げ、訊《たず》ねた。

「どっちの方向？　妖《あやか》しの道で、二人のところまで飛ぶ？」

小一郎はほんの数秒間考え、かぶりを振った。

「まこと、これがあの二人がいる場所の気配とは言いきれぬのだ。場所がしかとはわからぬ以上、飛ぶより歩いたほうが確実であろう。行くぞ」

小一郎は敏生の手首を摑《つか》み、駅とは反対方向に猛烈な勢いで引き返し始めた。敏生は、半ば引きずられながらも、必死で歩く。

「ね……、小一郎、もしかして……僕たち歩いていく先に、何か悪いものがいるかも……しれないい、の？」

息を切らし、敏生は切れ切れに問いかけた。歩いてきたのと同じ道を、半分ほどの時間で引き返してきたのである。式神《しきがみ》の力は底知れずだが、半精霊《はんせいれい》でただでさえ持久力のない敏生は、もう限界寸前だった。吐く息が熱く、金臭い。

小一郎は、決して足を緩めず、息一つ乱さず鋭い声で言った。

「わからぬ。……もし悪《あ》しきものに出くわせば、お前は疾《と》く逃げろ。主殿《あるじどの》に急をお知らせするのだ」

「そ……んな……っ」

「忘れるな。俺の第一の務めは、お前を守ることだ。よいな？」

敏生の返事を待たず、小一郎は不意に表通りを逸《そ》れた。公園前を通過する細い道で、敏生は昼間しかそこを通ったことがない。ただでさえ夜は人気が少ない住宅街の中の道だというのに、それに加えて公園の隣にはテニスコート、その向かいには古い墓地という恐ろしい一画があるのだ。

いつもなら怖くて寄りつきもしないその道へと、小一郎は緩い坂道をほとんど駆け足に近いスピードで踏み込んでいく。ひとりではないので怖くはなかったが、格段に街灯が減って濃さを増した闇《やみ》に吸い込まれるような気がして、敏生はカラカラになった喉《のど》に生唾《なまつば》を送り込んだ。

（……何が……あるんだろ……）

歩き続けて早鐘のように打ち続けている鼓動が、さらに加速する。黒衣の式神《しきがみ》に強く手首を引かれたまま、敏生は次第に深くなる闇の中へと突っ込んでいった……。

「……あ……っ」

ちょうど、テニスコートの高いコンクリート塀に沿って歩いているとき、敏生は小さな声をあげた。いつの間にか熱いくらいに火照《ほて》った頬《ほお》に吹きつける夜風に、生臭い臭気が混ざったような気がしたのである。

小一郎、と呼びかける寸前に、式神《しきがみ》はピタリと足を止めた。敏生の手首を放し、暗がりの向こうに目をこらす。敏生は必死で息を整えようと努力しつつ、掠《かす》れ声《ごえ》で訊《たず》ねた。

「こいちろ……ッ、何か、変な……臭《にお》い……っ」

「わかっておる。血の臭いだ」

小一郎はきっぱりと言い、片腕を広げて敏生を自分の背中に庇《かば》った。押し殺した声が、敏生の鼓膜ではなく脳内に直接響く。

『先刻言うたことを忘れるな。俺が逃げろと言えば、迷わず逃げ帰るのだぞ』

「でも……！」

議論するつもりはまったくないのだろう。小一郎は、敏生に何も言わせず、さっきよりずっと慎重な足取りで、公園のほうへと再び歩き始めた。仕方なく、敏生もその背中にぴったりくっつくようにしてついていく。なかなか鎮《しず》まらない呼吸が忌々《いまいま》しかった。

公園に近づくほどに、敏生は胸が苦しくなるのを感じていた。鼓動が速いせいではない。まるで胸の上に重い石でも載せられたかの如《ごと》くに、息が上手《うま》く吸い込めないのだ。

（……何か怖い……。凄《すご》く嫌な感じ……）

目前の闇《やみ》の中に、何か恐ろしく禍々《まがまが》しいものが潜んでいる気配がした。それが巨大な腕を伸ばし、漆黒のマントのように自分に覆《おお》い被《かぶ》さってくるビジョンに襲われ、敏生は思わずあっと叫んで立ち止まる。その幻影は一瞬で去ったが、全身を包む悪寒《おかん》は去らず、敏生は身を震わせた。

これ以上進みたくない、進んではいけないと、身体《からだ》の中で何かが警告を発している。だが、小一郎はちらと敏生を振り向いただけで、無言のまま敢然と公園へと向かう。

(ついていかなきゃ……小一郎ひとりに行かせちゃ駄目だ……)

そう思うのに、足が地面に吸いついたように動かない。背中に浮いた汗が、一瞬にして凍りつくほどの寒気がした。

「こ……ち…………ろ……」

危ない。行かないで。

そう言いたいのに、舌まで金縛り状態で、言葉が上手《うま》く出てこない。

(どうしよう……。何だか、凄《すご》く怖い。でもこの先に、早川さんと河合さんが……いるのかな。だったら、二人は何か恐ろしいものに出逢《であ》ったってこと……?)

次第に遠くなる小一郎の背中が、闇《やみ》に消えてしまいそうで、敏生は気力のすべてを振り絞り、動かない足をほんの数センチ、前へ滑らせた。

……と。

「……あっ」

（消えた……！）

それまで自分を縛り付けていた黒くて重々しい気配が、霧が晴れるように消え去った。途端に、身体《からだ》が自由に動くようになる。

「小一郎ッ！」

敏生はつんのめるように走り出した。小一郎は、公園の入り口で敏生のほうを振り向き、口を開いた。

「わかっている。今、悪《あ》しき気配が消え失《う》せた。……凄《すさ》まじく素早い動きであったゆえ、後を辿《たど》ることすらできなんだ」

「……やっぱりそうなんだ。小一郎も見た？　凄《すご》く大きな黒いものが、襲いかかってきて……闇《やみ》に取り込まれちゃうみたいなイメージ」

「何だそれは。俺はただ、妖魔《ようま》の俺ですら邪悪に感じられる闇の力を認知していた。それだけよ。お前の表現は、いつも抽象的で要領を得ぬな」

小一郎は、もういつもの調子でツケツケと小言を言う。ただその目は、式神《しきがみ》言うところの「闇の力」が戻ってきはしないかと、油断なく虚空《こくう》を見据えている。

敏生は小一郎の傍《かたわ》らに立ち、ホッと額の汗を拭《ぬぐ》った。

「邪悪な力ってのはわかる。何だか、公園に近づくほど息が苦しくなって、とうとう動けなくなった。凄《すご》く怖かったよ。今は息は楽になったし、動けるけど……でも、何だか血の臭《にお》いは残ってる気がする」

小一郎も、敏生のほうを見ず、それに同意した。

「ああ。確かにな。……闇《やみ》の力は掻《か》き消えたが、早川の気配は近い」

「ええっ、ホント?」

「弱々しいが……おそらくこの近くに、奴《やつ》はいるはずだ」

「捜さなきゃ。ま、まさかこの臭い……」

「間違いない。生き物の流した血の臭いだ。しかも、ごく新しい」

冷静に分析する小一郎とは対照的に、敏生の顔からはみるみる血の気が引いた。

「まさか……河合さんの気配がないって……そんな……」

もしや河合がもう死んでいて、この血の臭いは河合の……という最悪のシナリオが頭に浮かび、敏生はさっきまでの恐怖を忘れ、公園の中に駆け込んだ。

さして大きくはない公園だが、それでも数種類の遊具やベンチ、それに砂場があり、小さな植え込みが点在している。夜間に誰かが遊びに来ることは想定していないらしく、外灯は、中央に一本しか立っていなかった。

「早川さん? 河合さーん。いたら返事してください」

大声を出して、付近の住民が出てきては厄介だ。敏生は抑えた声で呼びかけながら、公園の中をウロウロと歩き回った。血の臭《にお》いは今や疑う余地もなく明らかに、公園内のどこかから漂ってくる。小一郎は、公園の入り口に仁王立《におうだ》ちになり、周囲に警戒の視線を巡らせた。

「河合さん？　……いないんですか？　早川さ…………ッ！」

二人の名を呼びながら、暗がりに目をこらしつつ中腰で歩いていた敏生は、ハッと立ちすくんだ。植え込みの中から、何かが飛び出しているのが見えたのだ。

おそるおそる近づいてみると、それは人間の腕だった。肘《ひじ》から先だけ見えたその腕は、ダラリと力なく地面に落ちていた。空《くう》を摑《つか》むように上向いた手のひらや指先がベッタリ血に濡《ぬ》れているのに気づき、敏生の喉《のど》がヒッと鳴る。

血の臭いは、むせかえるほど強くなった。まさか、腕だけがぽとりと落ちているのでは……と思うと、恐ろしくてまた足が地面に貼《は》り付《つ》きそうになったが、敏生は思いきって植え込みの向こう側に首を突っ込み……そして、驚きの声をあげた。

「ああっ！」

植え込みの陰の湿った地面に仰《あお》向《む》けに倒れていたのは、スーツ姿の男……早川知足《ちたる》だったのだ。敏生は、我を忘れて地面に座り込み、ぐったりした早川の身体《からだ》を両腕で抱き起こした。

「早川さん⁉　どうしたんですか、しっかりしてくださいッ」

早川は、意識を失っているようだった。身体《からだ》を揺さぶっても反応はなく、ガクリと垂れた頭を支えようと後頭部に触れた敏生の手が、ヌルリとぬめった。

(……血だ……!)

どうやら、早川は頭部を負傷しているらしい。

「小一郎、小一郎ッ! こっちに来て、手を貸して」

「如何《いかが》した。……む……これは、早川か」

「そう。とりあえず、ベンチまで運ぼう。僕が頭のほうを持つから……」

「要らぬ。俺が運ぶ」

小一郎は敏生を押しのけると、軽々と早川の身体を抱き上げた。そして、茂みを容赦なく掻《か》き分《わ》け、ベンチへと大股《おおまた》に歩いていった。敏生は、手についた大量の血に酷《ひど》く動揺しながらも、ベンチに横たえられた早川の顔を覗《のぞ》き込《こ》み、呼びかけた。

「早川さん?」

外灯の色が青白いとはいえ、早川の顔にはまったく血の気がなかった。スーツを着ているので体幹部の負傷があるかどうかはわからないのだが、頭部の傷からかなり出血しているようだった。

「早川さん、大丈夫ですかッ。しっかりしてください。いったいどうし……」

「揺らすな、うつけ。以前、てれびで言うておった。頭部を負傷しておるときは、頭を揺らすと死ぬやもしれぬらしいぞ」

「ええッ。そうか、動かしたら駄目とかいうもんね。じ、じゃあ、とにかく救急車呼ばなきゃ」

敏生は慌てて早川の肩から手を離す。そして、手が汚れているのも忘れ、コートのポケットから携帯電話を取り出した。だが、そのとき早川が、微《かす》かな呻《うめ》き声《ごえ》をあげた。ベンチから地面に垂れていた腕が、力なく動く。

「…………あ、は…………うか…………」

「早川さん？　だ、大丈夫ですか？」

敏生は慌てて携帯電話を持ったまま、地面に膝《ひざ》をついて早川の顔に自分の顔を近づける。どうやら、左腕は自由に動かせないらしい。早川は、震える右手で、敏生のコートの腕に触れた。そして、掠《かす》れ声《ごえ》で何かを必死に訴える。

腕組みして立っていた小一郎は、ボソリと助け船を出した。

「どうやら、救急車は呼ぶなと言っているようだぞ」

敏生はそれを聞いて、早川の土気色《つちけいろ》の顔と携帯電話を見比べた。確かに、この状況で救急車を呼んでしまえば、医者は即座に警察に連絡するだろう。もし早川が、さっき敏生と小一郎が感じた「闇《やみ》の力」に襲撃されたのなら、どうにも説明に困る事態になることは、想像に難《かた》くない。

「でも、このまま放《ほう》っておけないですよ。そうだ、小一郎！　天本さんを呼んできて。天本さんなら、いちばんいい方法を考えてくれるはずだから」

「相わかった。お前はここから動くな。よいか」

「わかった」

敏生が頷《うなず》くと、小一郎は瞬時に姿を消した。

「早川さん、今、小一郎が天本さんを呼びに行きましたから。もう少しです。しっかりしてくださいね。……え？　何ですか？」

早川の唇がまた動いたので、敏生は彼の口に、自分の耳を寄せた。早川が、河合の名を口にするのが、かろうじて聞き取れる。敏生は周囲を見回し、早川の耳元で問いかけた。

「河合さんも、一緒にいたんですね？　河合さんも……やっぱり襲われた？」

早川は、瞬《まばた》きで頷く。敏生は、声を励まして問いを重ねた。

「河合さんは、どこへ？　いったい、誰に襲われたんです⁉」

「…………」

早川は力なくかぶりを振り、そのまま目を閉じてしまった。片方の蔓《つる》が壊れた眼鏡《めがね》が、首が傾いた拍子に、カタンとベンチに落ちる。

「早川さんっ！　しっかり。しっかりしてくださいッ」

敏生は必死で早川に呼びかけたが、それきり早川の意識は戻らなかった。

「どうしよう……。河合さんも捜さなきゃ。でも、今は早川さんをひとりにするわけにいかないし。頼むよ、小一郎。天本さんを早く連れてきて……!」

祈るような気持ちで、敏生は、氷のように冷たくなってしまった早川の手を、自分の両手で包み、さすり続けたのだった……。

二章　まだ見えない明日

結局早川《はやかわ》は、ほどなく駆けつけた森《しん》が、タクシーで病院に連れていった。以前、森が大《おお》怪我《けが》をして入院したその病院には、「組織」の息がかかっていて、警察を呼ばれる心配がない。早川を搬送すべき場所を、森はそこ以外に思いつけなかったのである。

早川を森に任せ、小一郎《こいちろう》と敏生《としき》は、引き続き公園をくまなく歩き、どうやら早川と一緒にいて、何者かに襲撃されたらしい河合《かわい》を捜した。だが、河合本人も行方の手がかりになりそうなものも発見できず、ただ一つ、河合が確かにそこにいた証拠の品だけを発見するに終わった。


森は、午前一時過ぎに帰宅した。

「天本さん！　お帰りなさい。大変でしたね」

ずっと居間のソファーに座って待っていた敏生は、門扉《もんぴ》が開く音に弾《はじ》かれたように立ち上がり、玄関へ飛んでいった。

「ああ、ただいま。まだ起きていたか。君こそ大変だったろう。小一郎は？」

さすがに疲れた顔つきの森は、暖かな居間に入って、ホッとしたように嘆息した。愛用の灰色のロングコートを脱ぎ、ソファーにどっかと腰を下ろす。ソファーの背もたれに掛けた森のコートには、あちこちに早川のものらしき乾いた血がこびりついていた。

「公園で一緒に河合さんを捜して、連れ立って帰ってきました。さっきまでここにいたんですけど」

「俺の気配を察して、姿を消したか。……家と敏生を守っていてくれて、ご苦労だったな、小一郎」

森は座ったまま、庭のほうを向いて声を掛けた。答《いら》えはなくても、常にそば近く控えている式神《しきがみ》には、森の声が届いているはずだ。

敏生は、いそいそと台所へ行き、森のために熱いほうじ茶を淹《い》れて運んできた。

「それで河合さんは？」

「早川さんの容態は？」

敏生が森の隣に腰掛けるのと同時に、二人ともが質問を口にする。そしてまたしても同じタイミングで、「あ」と眉尻《まゆじり》を下げた。

だが、敏生の表情から、河合が見つからなかったことを悟ったのだろう。森は、自分が先に答えると目で告げ、熱い茶を一口啜《すす》った。敏生は、両手で湯呑《ゆの》みを持ったまま、森の言葉をじっと待つ。

「後頭部に、鈍器で相当強い打撃を受けたらしい。急襲だったんだろうな。頸椎《けいつい》にも少し損傷があるらしい」

「首にも？　頭のほうは大丈夫なんですか？」

森は、心配そうに問いかける敏生の手から、湯呑《ゆの》みを取り上げてローテーブルに置いた。そして敏生の肩を抱き、身体《からだ》を深く背もたれに沈めて言った。

「CT検査で、軽い脳挫傷《のうざしょう》とそこからの出血が確認されたが、その出血が広がりさえしなければ、今のところ命に別状はないそうだ」

「ホントですか！　よかった。……でも、頭の傷、凄《すご》く痛そうでした。家に帰ってきて明るいところで見たら、僕の手にも服にもべったり血がついてて」

「確かに、後頭部の裂創が相当大きかった。そこからかなり失血したらしくて、俺が病院を出るときも、まだ輸血中で意識が戻っていなかったよ」

「他に怪我《けが》は？」

「おそらくは頭部を打撃した鈍器と同じもので、左腕の骨を折られているそうだ。複雑骨折だから、治癒にはしばらく時間がかかると医者が言っていた。あとは、ちょっとした打撲傷や擦り傷程度ですんでいるようだ。殺す気はなかったようだな」

「でも、凄く痛そう……。あの、意識はちゃんと戻るんですよね？」

敏生は、幼い顔を歪《ゆが》める。鳶色《とびいろ》の目が、みずからの手を見下ろした。今は綺麗《きれい》な両手だが、帰宅したときは、早川の流した血で真っ赤に染まっていた。

「おそらくな。……そう願ってる」

「僕もです……あ、そういえば、早川さんのお家《うち》のほうには？　まさか知らせて……はないですよね」

「駆けつけた『組織』の奴《やつ》が、万事引き受けると言っていた。おそらく、家族には適当な理由を作って伝えるだろう。『組織』には他の術者も多くいるはずだ。早川の髪の一本でも使えば、奴の声色を使う式神《しきがみ》を使ってメッセージを伝えさせることなど朝飯前さ」

それを聞いて、敏生は目をまん丸にした。

「うわあ、そんなことまで……」

「小一郎のような自分で考えて動く式神を得るには、長い時間と経験と……何より式神自身の資質が必要だ。だが、命じたとおりに動く人形としての式神を作ることは、君にだってできるよ」

「……そうなんだ……。あの。早川さん、ホントに大丈夫でしょうか」

「というと？」

森は片眉《かたまゆ》を上げる。敏生は森の顔を見上げ、躊躇《ためら》いつつ言った。

「『組織』の人がすべて引き受ける……って、何か厄介なことが起こるんですか？　だって早川さん、この家《うち》に依頼を持ってこようとしてたんでしょう？　その途中で襲われるなんて」

森は小さな溜《た》め息《いき》をつくと、宥《なだ》めるように敏生の二の腕を撫《な》でた。

「まだ、何もわからないんだ。先のことを案じても仕方あるまい。ただ、連絡もしていないのに、病院に『組織』の手の者が来ていたということは、依頼絡《がら》みのトラブルである可能性は確かにあるな」

「わかんないな。……いったい何があったんだろう」

「今考えても仕方のないことだよ、敏生。それより、河合さんは？」

森に視線で促され、敏生は沈んだ口調で言った。

「小一郎と公園とその近くをくまなく歩いて捜したんですけど……どこにも」

「そうか。……だが早川は、あの公園まで河合さんと共に来て、そこで襲われた。そう言ったんだな？」

「早川さん、弱っちゃっててハッキリとは喋《しゃべ》れなかったんですけど、そう言いたかったみたいです。凄《すご》く河合さんのことを心配してるようでした」

「それはそうだろう。大事な術者だし、長いつきあいだからな」

「ですよね。ああ、河合さん、どこ行っちゃったんだろう」

「どこかへ行ったのか、連れ去られたのか……早川の意識が戻るまで、どうにも事情がわからないな」

「ええ。……ただ、滑り台の近くに、これが」

敏生は、森の腕からいったん離れて、ローテーブルの上に置いてあったものを手に取った。森はそれを受け取り、形のいい眉《まゆ》を顰《ひそ》める。

それは、河合愛用の丸眼鏡《まるめがね》だった。度の入っていない薄いレンズには、無惨《むざん》にひび割れが走っている。それを見ると、森も敏生も口には出さないが、河合も無事ではいないだろうと思わずにはいられない。

森は無言で、眼鏡をテーブルに戻した。しばらく厳しい顔で何か考えていた彼は、やがて忠実な式神《しきがみ》の名を呼んだ。たちまち、黒衣の式神が現れ、主人の前に跪《ひざまず》く。

「お呼びでござりまするか」

森は鋭い声で言った。

「結界を最大限に強化する。公園にも、見張りの式を飛ばしておいた。ここ数日は、お前も気を抜くな。何か変わったことがあれば、必ず俺に知らせろ」

「御意《ぎょい》。心して、御守り致しまする」

きっぱり言って頭を下げると、小一郎は即座に姿を消した。敏生は、小一郎がついさっきまでいた床を見下ろし、不安げな表情で言った。

「そういえばね。早川さんを見つける寸前に、僕も小一郎も、凄《すご》く嫌な感じがしたんです」

森は敏生の両肩を摑《つか》み、敏生の顔を覗《のぞ》き込《こ》む。

「嫌な感じ？　それは君お得意の表現だが、今回はもっと詳しく説明してくれ。妖《あやか》しの気配か？　それとも人間の？」

森のきつい切れ長の目にまっすぐ見据えられて、敏生はいやがうえにも緊張しつつ、一生懸命考えて答えた。

「正体が何かまでは、僕の力じゃわかりませんでした。ただ小一郎は、闇《やみ》の力だって。妖《よう》魔《ま》の小一郎でも邪悪だと感じるような力だって、そう言ってました」

「……ふむ。君も、その邪悪さを感じたわけだな？」

「ええ。その力が公園全体を覆ってる感じで、公園に近づくほど息が苦しくなって、足がガチガチに固まって動かなくなって……」

そのときの感覚を思い出したのか、敏生は両腕で自分の身体《からだ》を抱いた。

「あっちに行かなきゃって思ってるのに、僕の中の何かが、行っちゃいけないって必死で止めてる感じでした。考えてる余裕はなかったんですけど、もしかしたら……」

「これが、君を守ろうと引き留めていたのかもしれないな」

森は、敏生のシャツの襟から覗く革紐《かわひも》をそっと引っ張った。紐の先には小さな革袋が下がっており、その中には水晶の球体が入っている。敏生の母親である蔦《つた》の精霊《せいれい》が、自分の代わりにと敏生に渡した守護珠《しゅごじゅ》である。龍《りゅう》の血で磨かれたというその珠《たま》には古《いにしえ》の魔導師たちの魂が宿っており、敏生の求めに応じて、その力を敏生の身体《からだ》を使って発揮するのだ。

敏生は大事そうに水晶玉を手のひらに載せ、球体の中で燃え続ける青い炎を見つめた。

「そうかもしれません。僕の能力じゃ、行ってもろくなことにならないからやめろって、引き留めてくれてたのかな。凄《すご》く深くて恐ろしい闇《やみ》が、僕を捕まえて取り込もうとしてるような……変なビジョンが見えたんです」

「君を……」

森は眉間《みけん》に深い縦皺《たてじわ》を刻んだ。どうやら彼が自分のことを酷《ひど》く心配しているのだと気づいた敏生は、慌ててつけ加えた。

「あ、でも。その闇の力、急にふっと消えたんです。それからは、もう何も感じません。小一郎も、あんまり素早く消え去ったから、どこへ行ったかわからなかったって」

「……なるほどな。小一郎は、河合さんの気配がまったく感じられなかったと言っていたが、君も？」

敏生は小首を傾《かし》げる。

「そのこと、公園で小一郎とも話したんですけど……。河合さんって、日頃からあんまり気配を感じさせない人だから、気を追いかけるってことができそうにないねって」

「なるほどな。確かにあの人はそのあたり抜け目のない人だが……今回は、それが裏目に出たかもしれないな」

「それって……天本さんは、河合さんが早川さんと同じように襲われて、どこかへ連れ去られたと思ってるってことですか？」

森は再びソファーに身体《からだ》を沈め、腕組みしてテーブルの上の眼鏡《めがね》を見た。

「それ以外のシチュエーションが考えられるかい？　……河合さんの生死は別として、とにかくこの眼鏡が落ちていたということは、あの公園に河合さんがいたことは確かなんだ」

「でも、河合さんは公園にはいなかった。ってことは……」

「襲撃者の目的が何だったのかはわからないが、早川をあんな目に遭わせておいて、河合さんに何もせず解放したなんてことはないだろう。だいいち……」

「眼鏡がこうですもんね。伊達《だて》眼鏡だっていっても、河合さんいつだってこれを掛けてたし。いったい、あの二人を襲ったのは誰なんだろう。何が目的だったんだろう」

敏生は、はあと大きな溜《た》め息《いき》をついた。森はそんな敏生を再び引き寄せ、自分の胸に抱き込んだ。

「とにかく、今はもうそのことは考えるな。すべては早川の意識が戻って、事情が聞けるようになってからだ。あるいは、河合さんのことだ。家出した猫みたいに、ふらりと帰ってこないとは限らないさ」

「ですね。……でも、何だか怖い。凄《すご》く嫌な予感がします」

敏生は、森のシャツの胸に頬《ほお》を押しつけて呟《つぶや》いた。手のひらはいつも冷たい森だが、胸はじんわりと温かく、尖《とが》った神経を優しく宥《なだ》めてくれる。

「君の『嫌な予感』はよく当たるんだから、考えるな……と言いたいところだが、実は俺もだよ。このままでは終わらない。というか、これは始まりにすぎないような気がしてならないんだ」

「天本さんも？」

「ああ。何しろ、俺の知る限りもっとも安定感のある……というかいつも平常心の二人が、同時に災難に見舞われたんだぞ。動揺もするさ」

「……ですよね」

二人は顔を見合わせ、沈黙する。

だが、森は敏生の柔らかな栗色《くりいろ》の髪をくしゃりと撫《な》で、こう言った。

「だが、俺たちはできることをすべてした。あとは、ゆっくり休養すべきだろう。もうこんな時間だ、寝よう」

だが敏生は、それを聞くなり血相を変えて、立ち上がりかけた森のシャツの腕を両手で摑《つか》んだ。乱暴に引き留められ、森は驚いて敏生を見る。

「何だ？」

敏生は、怒ったような困ったような顔で言った。

「天本さん、凄《すご》く大事なことを忘れてますよう。まだ絶対寝ちゃ駄目です！」

「凄く……大事なこと？」

そう言われて、森の顔に再び緊張が走る。だが次の瞬間、森は危うく床にへたり込みそうになった。敏生は大真面目《おおまじめ》な……ほとんど泣きそうな顔で、切々とこう訴えたのだ。

「信じられない。こんな大切なことを忘れちゃえるなんて。晩ご飯ですよ！　僕たち結局まだ、晩ご飯にありつけてないじゃないですか！　もう僕、お腹《なか》空きすぎて涙が出てきちゃいそうです」

「な……なるほど……。最重要事項をうっかり失念していたよ。中華粥《ちゅうかがゆ》はすっかりふやけて増量してしまったかもしれないな。君の胃袋の実力拝見というところか」

森は台所に行こうとして、ふと自分の服の汚れに気づき、うんざりした顔で言った。

「粥とスープの鍋《なべ》を、弱火にかけておいてくれ。戦場じゃあるまいし、こんな血まみれの服で食事の支度をしたくはない。……ざっとシャワーを浴びて、着替えてくる」

鍋の中身を焦がすなよ、と言い残して森は重い足取りで階段を上っていき、敏生は台所へ駆け込んだ。

とろ火でゆっくり温めていると、やがて中華粥の優しい匂《にお》いが立ち上ってくる。

（早川さん、早く意識が戻るといいなあ。……河合さんはどこにいるのかわかんないけど、無事でいてくれるといいな。……ちゃんと、ご飯食べられてるといいんだけど……）

本当は一緒に楽しく食卓を囲むはずだった早川と河合の身を案じつつ、敏生は胸にわだかまる不安と恐怖を振り払うように、鍋《なべ》の中身を掻《か》き混《ま》ぜ続《つづ》けた……。

＊　　　＊

翌日の午後、森と敏生は揃《そろ》って、早川の入院している病院を訪ねた。

私立の病院だけあって建物自体は古いが、内部は改装されていて、壁も天井も家具も、落ち着いた色調でまとめられている。看護師や医師の制服も、白ではなく薄いグリーンで、患者に緊張感を与えないように配慮されていた。

「何だか、天本さんが入院したとき通い詰めたせいで、懐《なつ》かしい気がするなあ、この病院」

大きな花束を抱えた敏生は、患者でごった返すロビーをエレベーターホールに向かって歩きながらそんなことを言った。紙袋を両手に提げた森は、苦笑いを浮かべる。

「病院を懐かしんだりする奴《やつ》がいるか」

「だって……天本さんの病室に初めて行くときは、不安で泣きそうだったたし……天本さんが退院した日は、凄《すご》く嬉《うれ》しい気持ちでこのロビーを歩いたし。僕にとっては、大事な思い出の場所ですよ。……あ、エレベーターがちょうど来てる。急いで、天本さん」

「こら。病院で走るな！」

ちょうど到着したエレベーターに向かって駆け出した敏生を窘《たしな》めつつ、森も早足でそちらへと向かった。


早川の病室は、六階外科病棟の廊下のいちばん端にあった。小さいが、歴《れっき》とした個室である。「組織」の連中が、早川を監視するにも保護するにも……あるいは一般人には聞かせられない話をするにも支障がないように計らったのだろう。

部屋の外に掛けられた名札には、「木村太郎《きむらたろう》」といういかにも出任せくさい名前がマジックで書き付けてあった。敏生は顔を顰《しか》め、森を見上げる。森は、小さく肩を竦《すく》めた。

「馬鹿馬鹿しいが、『組織』が偽名を使ったんだろう。確かに、本名を出して、どこで知り合いに出くわすかわからん世の中だ」

「天本さんの病室には……何だっけ、あ、そうそう。天本太郎って書いてありましたよね。……『組織』関係の人は、全員太郎なのかな。もうちょっと捻《ひね》ればいいのに」

そんなことを言いながら、敏生は引き戸をノックしようとした。だがそのとき、部屋の中から扉を開けて、まだ若い女性看護師が出てきた。若い女性ならほとんどがそうであるように、森の美貌《びぼう》に一瞬見とれ、そして我に返って慌てて表情を引き締める。

「お見舞いの方ですか？」

森は軽く頷《うなず》き、手にした紙袋をちょっと持ち上げてみせた。

「昨夜入院したばかりですので、身の回りの品を持ってきました。……会えますか？」

「ああ。お家《うち》の方ですか」

看護師は納得したように何度か頷き、扉の脇《わき》に寄って中を指し示した。

「ええ。今朝方意識が戻られて、今は昨夜入院されたときより、ずいぶん容態も安定してきましたし。お会いになって結構ですよ。……ですけど、あまり長くお話しにならないほうがいいと思います」

「わかりました。お世話になります」

「ますっ」

森は軽く、敏生は深々と頭を下げる。いずれも早川の息子たちだとでも思ったのだろう。看護師はにっこり笑って、隣の部屋へと入っていった。

「えっと……失礼します」

敏生は、半分空いた扉をコンコンとノックして、おずおずと病室に踏み込んだ。森は、その背中を押し、自分もカーテンをくぐって室内に入った。

「……これは……天本様、琴平様。昨夜は大変失礼いたしました」

ベッドに横たわっていた早川は、森と敏生が入ってきたのを見ると、慌てて起き上がろうとした。それを片手で押しとどめ、森はベッド脇《わき》のベンチのようなソファーに腰を下ろした。敏生も隣に座ったが、おそらく介護者のベッドに変形するのであろうソファーのクッションは薄く、石のように硬かった。

ベッドの上に投げ出された早川の左腕はギプスにがっちり固められ、右腕の肘《ひじ》のすぐ下には、点滴針が刺さっている。

「大丈夫か？」

森に問われ、早川はわずかに顎《あご》を動かして頷《うなず》いた。

「今朝方、ここで目が覚めたときは、愕然《がくぜん》といたしました。……意識を失う前に、琴平様のお顔を見ていたような気がするのですが……ここに運んでくださったのは、天本様だそうですね。『組織』から送られてきた者が、そう申しておりました」

「ああ。敏生が公園で倒れているお前を見つけて、一緒にいた小一郎を俺のもとへ寄越したんだ。それで、ここに運んだ。そうしたら、ほどなく『組織』の手の者が来て、あとは自分に任せて帰れと言った。……どこかですべてを盗み見しているのは俺の父親だけかと思ったら、『組織』の連中もそうか」

「……もう、天本さんったら」

怪我人《けがにん》相手に辛辣《しんらつ》な言葉を吐く森を、敏生は困り顔で窘《たしな》めようとする。だが早川は、弱々しく微笑してかぶりを振った。

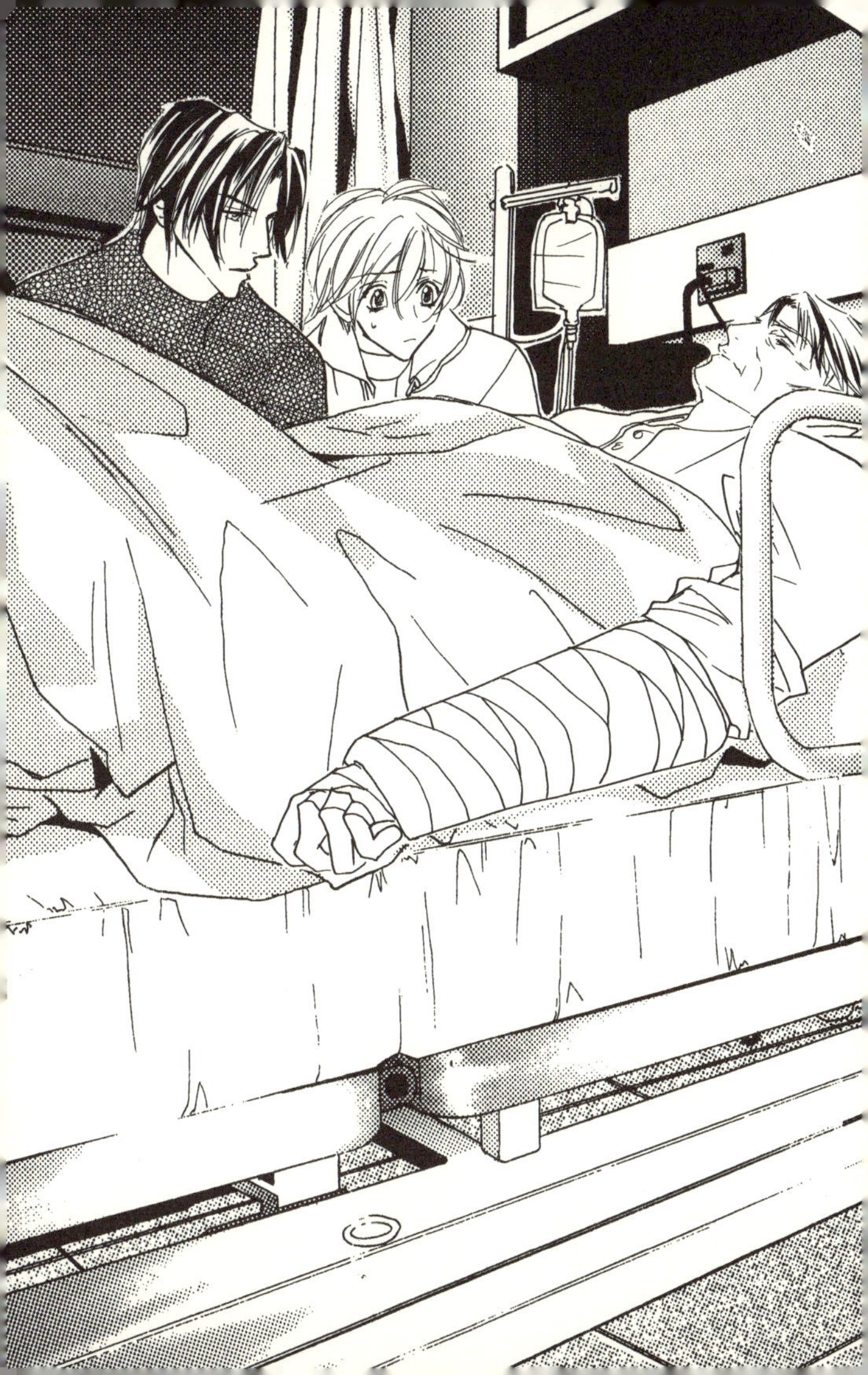

「いえ、公園で襲撃されたとき、わたし自身が咄嗟《とっさ》に式《しき》を放ったのです。ですから……『組織』にその式が辿《たど》り着《つ》き、そこから私の気を追ってこの病院に辿り着いたのだと」

「なるほど」

森はすぐに納得したが、敏生はビックリして目を剝《む》いた。

「ま……待ってください。早川さんって、自分で式が飛ばせるんですか？」

早川は、少し困った様子で頷《うなず》いた。眼鏡《めがね》を掛けていない早川の顔は、まだ酷《ひど》く青ざめている。それでも、敏生が発見したときよりは、幾分生気が戻った様子だった。

だが、早川が口を開くより先に、森がこう言った。

「今でこそすっかり一般人のふりをしているが、早川は昔、術者をしていたのさ。だから、式を飛ばすくらいは朝飯前のはずだ。……そうだろう？」

「えぇッ？　は、早川さんが……術者？」

「いや、お恥ずかしい。昔取った杵柄《きねづか》でございますよ。……とても若い頃のようには身体《からだ》が動きません」

「だろうな。しかし術者が後ろから殴られて昏倒《こんとう》とは……いや、それは師匠の悪口にもなってしまう可能性があるか」

森は苦笑いでそう言った。早川は、ハッとしてそんな森の顔を見る。

「『組織』の者は何も教えてはくれませんでしたが、もしや河合様は……」

森は無言でかぶりを振った。早川の顔が、微妙に引《ひ》き歪《ゆが》む。それは敏生が初めて見る、早川の悔しげな表情だった。自分が襲撃されて負傷したこともだが、それより、エージェントとして一緒にいた河合を守れなかったこと、そして森や敏生に迷惑をかけたことで、自分を責めているに違いない。

「………」

敏生は、早川にかけるべき慰めの言葉を、咄嗟《とっさ》に見つけられなかった。そんな敏生に、森はさりげなく言った。

「せっかく花を持ってきたのに、膝《ひざ》に抱えたままでは萎《しお》れてしまうぞ。ナースステーションで花瓶を借りて、活《い》けてきたらどうだ」

それを聞くなり、敏生は花束を抱え、弾《はじ》かれたように立ち上がった。

「そうでした。あ、でも……」

「話は、君が戻ってくるまで待つから」

「じゃ、すぐ行ってきますね！」

敏生はバタバタと病室を出ていく。

扉が閉まってから、早川は掠《かす》れ声《ごえ》で、改めて森に詫《わ》びた。

「本当に、このたびは多大なご迷惑をおかけして申し訳なく……」

「そんなことを聞きたくて来たんじゃない。お前の意識が無事に戻っていて、ホッとしたよ。俺も敏生も、眠れない夜を過ごした」

「天本様……」

森は、低い声で問いかけた。

「『組織』の使いは？　昨夜、俺が会った奴《やつ》は、サングラスを掛けた若い男だったが……あれは、人ではなかったな。式《しき》か」

早川は小さく頷《うなず》いた。

「ええ。『組織』の誰かに使役され、その誰かに忠誠を誓う妖魔《ようま》でしょう。ほとんど天本様と入れ違いに去りました。おそらく、わたしの状態を主《あるじ》に報告しに行ったのだと」

森は胡散臭《うさんくさ》そうに、小さな病室にぐるりと視線を巡らせた。

「なるほど。この病室には、結界は張られていないようだな」

「ええ。もう一度わたしが襲撃されることがあれば、それこそ調査の手間がはぶけて助かるということでしょうね」

「……ふん。今さらだが、『組織』とは随分と世知辛《せちがら》い職場のようだな」

森は眉《まゆ》を顰《ひそ》める。そこへ、花瓶を抱えた敏生が戻ってきた。花瓶は借り物なので安っぽいが、花のほうは、敏生が花屋でさんざん迷って選んだだけあって、ワックスフラワーや八重咲きのトルコギキョウ、それに黄色い小さな蘭《らん》などが取り合わせられ、実にカラフルである。

「綺麗《きれい》なお花ですね。ありがとうございます」

「早川さんの好きな花がわからなかったから、僕の好きなのを選んじゃいました。気に入ってもらえたら嬉《うれ》しいんですけど」

そう言いながら、敏生は花瓶を窓際《まどぎわ》に置き、再び森の隣に腰掛けた。

森は小さく咳払《せきばら》いして、では、と話を仕切りなおした。

「敏生も戻ってきたことだし、昨夜起こったことを、すべて最初から話してくれ。……そうだな、俺に電話を寄越してからのことを、できるだけ詳しく」

早川は頷《うなず》き、弱々しい声で話し始めた。

「天本様にお電話を差し上げてから、営業所の仕事を片づけ、午後七時過ぎには駅前で河合様をお待ちしておりました。河合様は七時半におひとりで来られ、それから連れだって天本様のお宅に向かいました」

「……徒歩で？」

「ええ。河合様が、仕事の首尾を報告しながら、のんびり散歩を……と仰《おっしゃ》いましたので」

「なるほど。それで？」

森は長い足をゆったりと組み、背もたれがないので、硬い壁に背中をもたせかけた。後頭部の傷が痛むのだろう。早川は、こころもち森たちのほうに身体《からだ》を傾け、話し続けようとした。

「天本様のお宅へ向かう途中、公園の前で……」

そのとき、小猿のようにちょこんとソファーに座っていた敏生が、口を挟んだ。

「待ってください、早川さん。いったい全体、どうして公園の前なんか通ったんです？あの道暗いし気持ち悪いし、僕なんか怖くて夜にあんなとこ通ったことないですよ。どうしてまっすぐ大通りを通ってこなかったんですか？」

早川は、それが……と歯切れの悪い口調で答えた。

「河合様が、ふと足を止め、公園のほうに妙な気配を感じると」

「妙な気配⁉」

森と敏生は顔を見合わせ、異口同音に驚きの声をあげる。早川は、小さく頷《うなず》いた。

「はい。わたしは無論河合様ほど鋭くはありませんが、それでも確かに何か邪悪な気配を感じるような気がいたしました。わたしはお止めしたのですが、河合様は、天本様のお宅に近いこともあり、念のためその暗い気を発するものの正体を確かめておこうと仰《おっしゃ》って」

森は、渋面で天井を仰いだ。

「それで……二人で公園へ向かったのか」

「はい。ですが、公園に踏み込んだ途端、それまで感じていたピリピリするような暗い気が、急に消散してしまいました。それで……あるいは気のせいかと思い、そろそろ天本様のお宅へと申し上げようとした瞬間、突然背後に何者かの気配を感じました。そして振り向く間もなく後頭部を殴られ……」

　森は不機嫌そうな声音で訊《たず》ねた。

「いくら現役を引退して長いといっても、元術者のお前が……本当に殴られるまで背後の気配に気づかなかったのか？　信じられないな」

「……お恥ずかしい限りです」

　早川は申し訳なさそうに目を伏せる。敏生はたまりかねて、森の脇腹《わきばら》を肘《ひじ》で小突いた。非難の眼差《まなざ》しを向けられて、森はふいと明後日《あさって》に視線を逸《そ》らす。敏生は、慌てて代わりの質問を口にした。

「あの、それで河合さんは……？」

「まったく身構えていなかったところをいきなり殴られましたので、一瞬のうちに視界が暗くなり……そのまま……」

「では、腕をへし折られたのは、気を失ってからというわけか」

「おそらくは。……気がついたときには、琴平様がわたしの顔を覗《のぞ》き込《こ》んでおられました」

　森は、腕組みして嘆息した。

「余計なことをするなという警告かもしれんな、その腕は」

「かもしれません。……それで、河合様の行方は……？」

森は小さくかぶりを振った。敏生も、途方に暮れた顔で早川を見る。

「ごめんなさい。天本さんが早川さんを病院に連れていってから、小一郎と公園とその近所を捜しまくったんですけど……眼鏡《めがね》しか見つからなくて」

「……夜通し公園周囲に式《しき》を張らせておいたが、河合さんの行方は……見当もつかない。お前の話を聞けば、少しは手がかりが得られると思ったんだがな」

「本当に……申し訳ありません。それで、一つお伺いしたいのですが」

早川は、躊躇《ためら》いがちに森と敏生に切り出した。敏生は首を傾《かし》げる。

「何ですか？」

早川は、いかにも言いにくそうにこう訊《たず》ねた。

「現場に……公園に、河合様の眼鏡以外、何か落ちておりませんでしたでしょうか。その……つまり、具体的に申しまして、風呂敷包《ふろしきづつ》みか桐箱《きりばこ》のようなものが」

「風呂敷包みか桐箱？　そんなものは見なかったです」

「そうですか……」

「早川さん、風呂敷包み落としたんですか？　風呂敷の中身が、桐箱？」

敏生は小首を傾げ、森は表情を険しくして背筋をまっすぐ伸ばした。

「そうなのか、早川。それはまさか、俺に持ってこようとしていた依頼に関係する品物なのか？」

早川は悄然《しょうぜん》として頷《うなず》いた。

「……ものは何だ？」

「掛け軸でございます。ご依頼主様よりお預かりした品で……どうやら、奪われたようですね。わたしが風呂敷包《ふろしきづつ》みを左手でしっかり持っておりましたので、それで腕を打って取り上げたのかもしれません」

「なるほど」

森は親指の爪《つめ》を軽く噛《か》んだ。彼が考え事に集中しているときの悪癖である。

「依頼人から預った品を奪い……おそらくは河合さんをどこかへ連れ去った。襲撃者の目的は、掛け軸か河合さんか、どっちなんだろうな。河合さんの受けていた仕事は、すべて無事に終わったのか？　そこでトラブルは？」

尋問にも似た森の問いに、早川は疲労の滲《にじ》んだ声で答えた。

「特になかったようです。わたしのほうにもクレームはございませんでしたし、河合様も、仕事は順調に終わったと」

「ふむ。だったら、何故《なぜ》河合さんを連れ去ったんだろうな。掛け軸が目的なら、河合さんもお前と同じように殴り倒せばよかっただろうし……」

「河合さんを誘拐するのが目的なんだったら、掛け軸なんて放《ほう》っておけばよかったんだし。……それとも、凄《すご》く価値のある掛け軸だったんですか？」

早川はゆっくりと身体《からだ》の向きを変えようとした。頭の傷を庇《かば》いつつ、右腕一本で身じろぎするのは難儀らしく、敏生は咄嗟《とっさ》に立って、早川の背中に予備の枕《まくら》を添えてやった。早川は礼を言い、右手でクローゼットを指さした。

「お使いだてして申し訳ありませんが……わたしのスーツの胸ポケットに、封筒が」

「封筒ですね？　ちょっと待ってください」

敏生はすぐに目当てのものを見つけ、早川に目で確認してから、開封してみた。中から出てきたのは、数枚のポラロイド写真だった。敏生はソファーに座り、それを森に手渡す。

「……これは、お前が奪われた掛け軸の写真か」

森は、写真を見ながら問いかける。早川は頷《うなず》いた。

「はい。依頼人からお預かりしたときのコンディションをきちんと記録しておくのが決まりで。今となっては、それがわたしの手元に残った唯一の資料となってしまいました」

「ふむ……」

「どんな掛け軸なんですか？　うわっ」

森の手元をひょいと覗《のぞ》き込《こ》んだ敏生は、嫌そうに顔を顰《しか》めた。写真に写っていたのは、実に不気味な老婆の絵だったのだ。

まばらに残った長い白髪《しらが》は顔や肩に乱れかかり、醜い皺《しわ》の間に、濁った黄色い両目と、ボロボロに欠けて黒ずんだ歯が飛び出している唇が見える。老女は白い着物を着ているのだが、胸元は大きく開き、ごつごつと浮き上がった肋骨《ろっこつ》が露《あらわ》になっていた。骨に皮を張っただけの両手は、何かを追い求めるように、胸の高さに持ち上げられている。

「気持ちの悪い絵だなあ」

術者らしからぬ正直な敏生の感想に、早川は苦笑を浮かべて言った。

「そうでございますね。依頼人も、初めて見たときは背筋が凍るようだったと、そう仰《おっしゃ》っていました。……確かではありませんが、出入りの古物商に河鍋《かわなべ》暁斎《きょうさい》の作ではないかと言われたそうです」

敏生はそれを聞くなり、ポンと手を打った。

「河鍋暁斎！ 僕、前に何かの展覧会で見ましたよ。その人が描《か》いた百鬼《ひゃっき》夜行《やぎょう》の絵。妖怪《ようかい》の絵が得意な人ですよね？」

「ほう。詳しいな。さすが絵描きの卵だけのことはある」

森に感心されて、敏生は照れ臭そうに笑う。

「だって、有名な人ですよ。僕もそれほど詳しくないですけど、先生のお家《うち》で画集を見たことがあります。凄《すご》く精密な絵を描く人だから、もしかしたらこれもそうなのかも。誰を恨んでるのか知らないけど、この絵のお婆《ばあ》さん、凄くリアルに凶悪な顔してるし」

さりげなく絵の中の老女に失礼なことを口にして、敏生は写真に鼻先がくっつくくらい顔を近づけて呟《つぶや》いた。

「ああ、でも落款《らっかん》がどこにもないみたい。それで作者がわかんないのか。……これが、何か霊障《れいしょう》に関係があるんですか?」

「さようで。依頼人の息子さんがその掛け軸を蔵の中から見つけ、家の中に持ち込んだのだそうです。掛け軸の箱には、昔の当主の書き付けが添えてありました。解読すると、掛け軸は借金の担保としてさる人から預かったものだが、その人物が金を返せなくて自殺してしまった。どうにも縁起の悪い掛け軸だが価値あるものらしいので、寺で祈禱《きとう》してもらって箱に収めておく。必要があれば売却するように。だが、間違っても出して飾るようなことをしてはいけない。……そういう内容だったとか」

「なるほど。お寺に収めたりするのは、もったいないと思ったんだ。貸したお金が返ってこなかったから」

「そういうことでしょうね。ところがそれを読んでも、息子さんはそんなものは昔の人間の迷信だ、これはなかなか面白い絵だから、飾らない手はないと笑い飛ばしたそうで。そして、不吉だからやめろという家人の制止を振り切って座敷の床の間に掛けたのだそうです。それ以来、家の中に不幸が相次ぎ、一族の人間が半年で二人亡《な》くなり、当の息子さんも現在重病で入院中とか」

「……呪《のろ》いの掛け軸か? よくある話だな」

森は鼻でせせら笑う。敏生は、ちょっと悲しげな顔で写真の中の老女を見た。

「それ、偶然じゃないのかなあ。せっかく長い年月生き延びてきた絵なのに、そんなふうにケチつけられたら可哀相《かわいそう》ですよ。……でも、こんなに怖いお婆《ばあ》さんの絵じゃ、仕方ないか。だって写真を見ただけでも、怖い声で呻《うめ》きながら絵を抜け出して、ゾンビのポーズでこっちに歩いてきそうですよね。まるで生きてるみたい」

早川は真顔でそれに同意した。

「ええ。写りの良くない写真でもそれだけ迫力のある絵ですから、実物を拝見したときは、わたしもゾッといたしました。ですから、依頼人からこの絵を術者に見せて、もし必要ならば絵を……つまり絵に宿った妖《あやか》しを祓《はら》ってほしいと言われたとき、さもありなんと思ったのです」

「ですよね。……だけど、それってあのう……依頼人さんは、本当にそう思ってるんですか？　つまり、昔、自分の祖先が貸したお金のせいでこの絵の持ち主が死んだから、その怨念《おんねん》が絵に宿って、子孫の自分たちを呪《のろ》ってる……って？」

早川は、ちょっと困った顔をすることで、敏生の推測を肯定する。森は、つまらなさそうに写真を敏生の膝《ひざ》の上に放《ほう》り投《な》げた。

「人間は、不幸が起こるとその原因をそれらしい物品に押しつけて、不安や恐怖を解消しようとする。だが、古い物品すべてに付喪神《つくもがみ》が宿るわけではないし、付喪神のすべてが人に祟《たた》るわけでもない」

「仰《おつしや》るとおりです。ですが、依頼人がその……以前に天本様にお世話になったとある方のお知り合いで。覚えておいで» でしょうか、例の『歩く埴輪《はにわ》事件』の依頼人なのです」

「忘れられるものか。よっぽどそのまま小説に書き起こしてやろうかと思ったくらい、珍妙な事件だった」

森は苦笑いで頷《うなず》く。敏生は興味津々《きょうみしんしん》の顔つきで早川と森を見比べた。

「な、何ですかそれ。歩く埴輪事件？　うわあ、どんな事件だったんですか、聞きたいなあその話！」

だが、森は素っ気なく敏生のおねだりを受け流した。

「またの機会にな。今はそんな昔話をしてる場合じゃない。……それで、同じ付喪神《つくもがみ》繋《つな》がりで俺を指名してきたというわけか」

「ええ。本来ならば表の術者に回すべきだと思ったのですが、是非天本様をというご指名で。現在、お願いしている仕事がないこともあり、できることならお引き受けいただこうと思っておりました」

「なるほど。……それを昨夜、俺の家に向かう途中で奪われた……か。依頼人が襲撃に関係している可能性は？」

早川はかぶりを振る。

「依頼をお持ちする前に、『組織』が必ず依頼人の話の裏を取り、依頼人本人と家族、それに職場の経済状態や人間関係について、それなりの調査をいたします。その可能性については、ないものと思っていただいてよろしいかと」

「だとすると……少々厄介なことになるな」

「さようでございますね」

まるで他人事《ひとごと》のようにあっさりと答える早川に、森は少々苛《いら》ついた口調で訊《たず》ねた。

「家族と職場には？」

「家には、『組織』が、式《しき》を使って、急な長期出張に出たと連絡を入れたそうです。職場にも、まとまった休暇が取れるように、適当な診断書が届けられていることと思います。家内の顔を持った式神《しきがみ》によって」

「……いかにも、『組織』のやりそうなことだ」

森は嘆息した。と、それまでおとなしく敏生のジーンズのベルト通しにぶら下がっていた羊人形が、クタクタの前足で敏生の腿《もも》を打った。それと同時に、森と敏生の頭の中に、小一郎の声が響く。

——主殿《あるじどの》。何者かの式が参りまする。

「……やれやれ。邪魔者が来たらしいぞ」

「え？　誰の……？」

森がうんざりした顔でそう言い、敏生が不思議そうに小首を傾《かし》げたそのとき、病室の中に、突然黒服の男が現れた。

「うわ！」

警告されていても、ビックリすることに変わりはない。敏生は思わず驚きの声をあげた。森と早川は、無言で男を見ている。

男は、葬儀会場から抜け出してきたようなダークスーツを着ていた。これまたレンズが真っ黒いサングラスを掛けているので正確な年齢はわからないが、まだ若そうに見える。中肉中背で、黒髪は短く刈り込まれている。あまり個性が感じられない外見だった。

（……これが……「組織」の式神《しきがみ》なのか。何だか変な感じ。普通の人間みたいに見えるけど、どこか違う。全体的にのっぺりしてるっていうか……そう、感情とか意志とかが全然感じられないんだ）

式神とひとくくりに呼ばれても、目の前の男は、小一郎とはまったく違っていた。男は、どこかギクシャクした歩き方でベッドに歩み寄ると、サングラスを外した。現れた両目はプラスチックの球体を埋め込んだように、何の輝きも放たない。

「組織の式か。何の用だ」

森は、足を組んだ姿勢を崩さないまま、冷たく問いかけた。男は、敏生と森をゆっくりと見比べ、口を開いた。まるでゴムの仮面を被《かぶ》っているように、つるりとした顔には皺《しわ》の一本すら寄らない。

「術者の天本森と助手の琴平敏生ですね。天本森、あなたには後日連絡がいくことと思います。ですが本日は特に用はありません」

コンピューターのように平板な声で、式神《しきがみ》は言い放った。森は、ツケツケときつい口調で言い返した。

「ほう。邪魔者は余計なことを訊《き》き出《だ》さず、さっさと去れということか」

「そのとおりです。事情聴取は当方が行います。術者の越権行為は歓迎されません」

「なるほど。では、おとなしく引き揚げるとしよう。行くぞ、敏生」

「え？　でも天本さん……」

敏生は、冷たく自分たちを見据える式神と森と、そして物憂《ものう》げな顔をした早川を見比べた。事情聴取という言葉から、早川がこれから「組織」に酷《ひど》い目に遭わされるのではないかと、敏生は不安でたまらなかった。

そんな敏生の背中を扉に向かって軽く押し、森は諭すように言った。

「今日は俺たちが引くべきだ。こんなところで式神相手に諍《いさか》いを起こしても、何のメリットもないよ。早川の容態が思ったよりいいことがわかって、安心しただろう？　あまり喋《しゃべ》らせて、早川に負担をかけてはいけない」

あてつけがましくそう言ってジロリと式神を見遣《みや》り、森は敏生の耳元で囁《ささや》いた。

「心配するな。『組織』は殺人集団じゃないんだ。これが早川の見納めにはならないさ」

「でも……」

それでも立ち去りがたい様子の敏生に、早川はベッドからいつものもの柔らかな微笑を見せた。

「琴平様、どうぞご心配なさらず。わざわざお見舞いにお越しいただき、恐縮でした」

早川も、さりげなく「見舞い」という言葉を強調する。どうやら、襲撃事件について森と敏生が勝手な行動を起こすことを、「組織」は警戒しているらしい。

仕方なく、敏生は早川に向かって、ぺこりと頭を下げた。

「じゃあ……またお見舞いに来ます。お大事になさってくださいね」

「ではな、早川。ゆっくり休養してくれ」

「…………」

式神《しきがみ》は、ベッドの脇《わき》に立ち、森と敏生を瞬《まばた》きしない目で凝視している。彼らは酷《ひど》く居心地の悪い気持ちで病室を出た。

「ねえ、天本さん」

病院の建物を出るまでずっと無言だった二人だが、駅に向かう道すがら、先に口を開いたのは敏生だった。森は、不機嫌な顔を崩さず、前を向いて足早に歩きながら返事をした。

「何だい」

「僕、小一郎以外の人型の式神《しきがみ》って初めて見ました。……何だか蠟人形《ろうにんぎょう》みたいで怖かった」

「あれは、人型でも小一郎とはまったく性質を異にする式だよ。己の意志を持たず、ただ歩くスピーカーとして主《あるじ》の言葉を伝える木偶《でく》人形にすぎない」

「じゃあ……凄《すご》く冷たい感じがしたのは、ご主人がそういう人だからなのかなあ」

「かもな。だが、そんな心配そうな顔をすることはない。確かにあいつは主人の命令なら何でも忠実かつ無情に遂行するだろうが、早川があいつに殺されるようなことはないよ」

「そこまでは、僕も考えてないですけど。でも自分があんなのと二人きりで残されたら、かなり嫌だろうなあって思うから」

森は苦笑いして頷《うなず》く。

「それはそうだな。だが、まずは現状を『組織』に詳細に報告することが、己の処分を軽減する何よりの良策だ。俺たちなんかよりずっと、早川はそれを承知しているさ」

「処分……」

敏生の脳裏に、かつて森が仕事の途中に負傷したときの記憶が甦《よみがえ》る。依頼の遂行が困難になった術者には、「組織」から何らかの処分が下される……そう敏生に教えたのは、他ならぬ早川だった。

(裏の術者に対しては、命に関《かか》わるような重い処罰が与えられることがあるって、早川さんはそう言ってたっけ。だったら、エージェントがミスしたときは、どんな目に遭うのかな……)

そんな疑問が、胸を重く締めつける。だが森の厳しい横顔は、敏生の問いかけを拒むように硬く凍りついていた。

口には出さないが、心優しい森のことだ。早川の処分についても、河合の行方や安否についても、昨夜《ゆうべ》からずっと胸を痛めているに違いない。また、心配しているだけでなく、これからどうすべきかもいろいろと考え続けていることだろう。

今、自分が感情にまかせて好き放題なことを言っても、森を苛《いら》つかせてしまうだけだ。そう気づいた敏生は、とりあえず森が考えをまとめ、自分からこの件について話してくれるのを待つことにした。

(そうだよね。僕には僕のすべきことがあるもん。天本さんは、考え事を始めると衣食住忘れちゃうから、健康管理は助手の仕事だ)

だから敏生は、気持ちを切り替え、明るい声で言った。

「ねえ、天本さん」

「何だ?」

　敏生の声音から、話題を変えようとしていることを悟ったのだろう。森は今度は敏生の顔を見て返事をした。敏生は、ニッコリ笑って前方を指さした。

「あのね、駅の近くに凄《すご》く可愛《かわい》いカフェがあったの、気がついてました？」

「……いや。それが？」

「天本さんが入院してたときにね、僕がしょげてたから、龍村先生が連れてってくれたんです」

「ほう？　龍村さんが……その、可愛い、カフェ……に？」

「そう。今になってみれば、凄く無理してくれてたんだと思うんですけど。お客さん、ほとんど女の人ばっかりだったし。でもね、ケーキがすっごく大きくて、美味《おい》しいんです。ミルクティもとっても香りがよくて。だから、帰りに寄っていきませんか？　いつか天本さんを連れていこうって、ずっと思ってたから」

　森は、片眉《かたまゆ》を軽く上げて、敏生の笑顔を見下ろす。

「……今、客は女ばかりだと言わなかったかい、君は」

「そうですけど……。でも大丈夫、天本さんはかっこいいから、ケーキ食べててもおかしくないですよ」

「そんな滅茶苦茶《めちゃくちゃ》な」

「いいから。ほら、あっちです。行きましょう！」

敏生は文句を言おうとした森の背後に回り、広い背中を両手でぐいぐいと押す。

「わかったわかった。要は君が食べたいんだな？　いいよ、ケーキでもパフェでもつきあう。だから、いい大人が公道で、子供みたいにふざけるんじゃない」

敏生が自分を気遣ってくれているのがわかるので、森も困った顔で小言を言いながらも、敢《あ》えて異を唱えはしなかった。そして、じゃれつく敏生を捕まえようと、長い腕を伸ばしたのだった……。

*　　　*

『●○不動産でございます。マンション購入をお考えではないでしょうか？　当方では……』

『□△社のSです。天本先生、そろそろ次の作品の打ち合わせをと思ってご連絡させていただきました。また改めて……』

『…………プツン、ツー、ツー、ツー』

森はもう一度留守電のメッセージを聞き通してから、溜《た》め息《いき》をついてすべて消去した。河合から連絡が入っているかもしれないと密《ひそ》かな期待を抱《いだ》いて帰宅したのだが、留守電にはどうでもいいような伝言しか入っていなかった。そして、日付が替わろうという今に至っても、河合からの電話はまだない。

「……いったいどこにいるやら。式《しき》の一つも飛ばしてくれれば捜しようもあるものを」

思わずそんな愚痴が口をついて出たとき、居間の扉が開き、パジャマ姿の敏生が入ってきた。

「天本さん、お先にお風呂《ふろ》いただきました」

「ああ。……また髪を乾かさずに来たな。風邪《かぜ》を引くと言っているだろう」

濡《ぬ》れたままの頭にバスタオルを引っかけて入ってきた敏生を、森は母親めいた口調で叱《しか》った。敏生は、舌先を出してエヘへと笑った。

「だって、めんどくさいんですよ。どうせ、暖炉のそばにいたら、すぐ乾いちゃうし」

そう言って台所へ行こうとした敏生は、森が電話の前に立っているのに気づき、悲しそうな顔をした。

「結局、河合さんから連絡なかったですね……」

「ああ。……敏生。今、ちょっと話していいか？」

「もちろんです」

ずっと話してくれるのを待ってたんですから、という言葉は飲み込み、敏生はソファーに座る。並んで腰掛け、森は慎重な口ぶりでこう切り出した。

「今日、早川からひととおり事件の経緯を聞いて、半日考えたんだが……。君はどう思う？　あの『組織』の式神《しきがみ》が言うとおり、この件に関しては、これ以上何もせずにいるべきだと思うかい？」

その問いに、敏生は即座にかぶりを振った。

「まさか！　だって僕らの家《うち》に来る途中に事故に遭ったんですよ？　それに……早川さんが言ってた邪悪な気配を、僕と小一郎も感じたんです。気になって、何もわからないのに放《ほう》り出《だ》すなんてことはできません。それに……」

「それに？」

森は穏やかに先を促す。どうやら、敏生の意見を聞いてから、自分の考えを告げることにしたらしい。そこで敏生は、一生懸命に訴えた。

「それに、早川さんも河合さんも、僕にとってはとっても大切な人たちだし。天本さんにとっては、もっとそうでしょう？」

「ああ、そうだな」

「手がかりが何もないし、警察に頼むわけにもいかないから、河合さんを捜すのは凄《すご》く難しいと思うんですけど、でも、掛け軸のほうならまだ何とか。……そういえば、あの写真は？」

「無論、くすねて帰ってきたさ。式神にくれてやる気はなかったからな」

森はニヤリと笑って、シャツの胸ポケットから病室で早川から預かったポラロイド写真を出した。敏生は、もう、と眉《まゆ》をハの字にして笑う。

「だったら、天本さんだってこのまま引っ込む気なんて全然ないんじゃないですか」

森はちょっと照れ臭そうに笑った。

「まあな。俺もたぶん君と同じことを考えていたよ。河合さんの捜索は、残念ながら今は難しいと思う。だが、掛け軸を捜すことで、何か河合さんの行方に繋《つな》がる手がかりも得られるのではないか……と」

敏生はポンと手を打った。

「そう、僕もそう思って！　あ、でも、依頼人さんに絵のこと訊《き》きに行っちゃいけないですよね、やっぱり」

「それは駄目だろう。預かった品を紛失したことを俺たちが告げるわけにはいかないし、だいいち俺たちはまだ依頼を受けたわけじゃないんだ。勝手に依頼人にコンタクトを取ることは許されない」

「ですよねえ。でも、こっそり調べることは、ある程度できるかもしれない。とりあえず、この写真を明日借りてっていいですか？」

森は頷《うなず》き、敏生に写真を手渡した。

「構わないよ。だが、どうするつもりだ？」

敏生は、写真をしげしげと眺めながら答えた。

「アトリエに行って、先生にこっそり見せてみようと思って。先生は河鍋暁斎の専門家じゃないけど、僕よりずっと詳しいと思うんです。そのあたりから始めてみようかなと。……ほら、僕は式《しき》を使うとか術を使うとか、そういうのはちょっと無理ですし、現物がないと、憑坐《よりまし》にもなれないし」

「なるほど。では俺も、俺にできることをしよう。……誰かが家に待機していたほうがいいだろうから、俺自身はできるだけここにいるようにするよ。小一郎には君を守らせるから、他の式を動かすことにしよう。……それに、少々弁論の勉強をしたほうがいいだろうしな」

「弁論？」

森は片手で敏生の濡《ぬ》れた髪をバスタオルでゴシゴシ拭《ふ》いてやりながら、さらりと言った。

「おそらく、早川の処分を決めるために、俺は奴《やつ》の勤務態度を知る者として『組織』に呼び出されるだろう。……昔の恩を返すときが来た」

「天本さん……」

かつて、霞波《かなみ》を亡《な》くしたとき、森は「組織」に責任を問われ、その存在を消されかねない窮地に陥った。そう敏生は森自身から聞いたことがある。そのとき「組織」の査問会に出席して、森を庇《かば》い、守り通したのは早川だったのだ。

「早川には大きな恩義がある。そして、あいつには家族がいる。……確かに依頼人の所有物を奪われたことは大きな失態だが、人生を棒に振るような大罪ではないはずだ。『組織』がどう判断しようと、俺はそう思う。だから、今度は俺が、あいつのために戦う番だ」

「それ、早川さんが聞いたら凄《すご》く喜ぶと思うなあ。天本さんは照れ屋さんだから、絶対に直接言わないとは思いますけど」

敏生は悪戯《いたずら》っぽい口調で言って、バスタオルを掛けたままの頭を、森の肩に載せた。森は無言で口角を下げる。どうやら敏生のからかいが図星すぎて、反論する言葉が思いつかないらしい。

だが敏生は、そこで調子に乗ることはしなかった。代わりに、森の耳元でこう囁《ささや》いた。

「でもね。確かにその……ええと、査問会に出ていくのは天本さんひとりかもしれないですけど、早川さんのために戦うのは、天本さんだけじゃないですよ。僕だって、いつも一緒に戦ってますからね。ひとりでキリキリ思い詰めちゃったら嫌ですよ？」

その優しい言葉は、つい気負ってしまいがちの森の心にじんわりと染《し》み込《こ》んでいく。森は、敏生の頭をバスタオル越しにポンポンと軽く叩《たた》き、囁き返した。

「そうだな。ともに戦ってくれる君がそばにいる。何より心強い味方だ」

「大丈夫。きっと、掛け軸も河合さんも見つかります。……あの河合さんですもん。絶対無事でいてくれますよ」

根拠はないが、自分に言い聞かせるように敏生は強い調子でそう断言する。

「……ああ、そうだな」

森は頷《うなず》き、まるで十字架に口づけるように、敏生のまだ湿ってシャンプーの香りがする髪に、唇を押し当てたのだった……。

三章　手を伸ばせない闇《やみ》

それから、三日が経過した。

森《しん》と敏生《としき》は、それぞれで掛け軸と河合《かわい》の行方を捜索していたが、いずれもまったく手がかりが得られないままだった。

敏生は、毎日アトリエの帰りに病院へ立ち寄り、早川《はやかわ》を見舞った。森は「家にいる」という言葉のとおり、ほとんど外出しなかった。しかし毎朝、出掛けようとする敏生に、早川への差し入れの品をことづけるのだった。

敏生は、絵の先生である高津園子《たかつそのこ》から、河鍋暁斎《かわなべきょうさい》の画集を何冊か借りてきた。画集といっても展覧会のパンフレットや雑誌の特集号ばかりであるが、それなりに多くの絵が掲載されている。

それらの本によれば、幕末から明治《めいじ》という激動の世を生き抜いた河鍋暁斎という画家は、なかなかに個性的な人物であるらしかった。

暁斎は、狩野派《かのうは》風の豪奢《ごうしゃ》な絵に始まって、浮世絵の美人画や風景画、リアリズムを追求した動物や人物の絵、さらに骸骨《がいこつ》や妖怪《ようかい》の絵、戯画、果ては春画まで、とても同一人物が描《か》いたとは思えないほど多種多様な作品を残した。著名な建築家ジョサイア・コンドルも、暁斎の人柄と才能に惚《ほ》れ込《こ》み、彼に弟子入りして日本画を学んだそうだ。彼が没したとき、手元にはまだ大量の依頼書が残っていたという。当時は相当の人気作家だったらしい。

「そういえばね、ここんとこ僕、アトリエで仕事の合間に暁斎の絵が載ってる本ばっかり探して眺めてるんです。今日は少し仕事がゆったりしてたから、先生も、一緒に画集を見てくださって。それで絵を見ているうちに、昔、先生の先生に聞いた話を思い出したって仰《おっしゃ》って、河鍋暁斎について面白いことを聞かせてくれましたよ」

その日も病院に立ち寄って帰宅し、夕飯のテーブルに着いた敏生は、そんなことを言った。森は、サラダを敏生の取り皿に気前よく取り分けながら訊《たず》ねた。

「ほう？　どんな話だい？」

敏生は秘密でも打ち明けるような調子で、こう言った。

「あのね。河鍋暁斎って人は、あの世が見えるんじゃないかって言われてたんですって」

「あの世？　つまり、異界や妖《あやか》しを見ることができる『見鬼《けんき》』だったということかい？」

「ええ。先生の先生だって、ホントに暁斎に会ったことがあるわけじゃないから、噂《うわさ》でしかないんですけど……。でも、幽霊を見たり、狐鬼《こき》や河童《かっぱ》と話ができたって言われてたんだそうです。ほら、天本《あまもと》さんも僕の借りてきた画集、見たでしょう？」

「ああ。今日、君が出掛けている間、何度も開いて眺めたよ。古典的な絵も見事なものだが、やはり妖怪《ようかい》や幽霊の絵が、やけに生き生きと描かれているように感じた」

敏生は、我が意を得たりと大きく頷《うなず》く。

「でしょう！　だからみんな、暁斎はきっと本当に幽霊や妖怪を見て、その姿をそのまま画布に写し取ったに違いないって思ったんじゃないかな」

「なるほどな。さもありなんという感じだ。君が見たという百鬼夜行《ひゃっきやぎょう》の絵は、古典のリメイクだけに漫画っぽい絵柄だったが、幽霊画については、かなり写実的な代物ばかりだな。……その、つまり俺たちが街角で普通に見掛けるようなものが、そのまま描《か》いてあったろう」

「ですね。僕もあやうく先生にそう言いかけて、慌てて口にチャックしました」

「おいおい。ご高齢の先生を、物騒な発言で仰天させるなよ。……ところで、君、もう少し食えるかい？」

森はそう言って、自分の皿に二切れほど残ったチキンカツを、箸《はし》で敏生の皿に放《ほう》り込《こ》んだ。敏生は、嬉《うれ》しいような困ったような複雑な顔で森を見た。

「もう、天本さんってば。駄目ですよ。早川さんと河合さんが心配なのはわかりますけど、ご飯はきっちり食べなくちゃ」

　森は苦笑いして、自分の皿をさっさと片づけ始める。

「人並みには食ったさ。うっかり君と同じ大きさで作ってしまったから、食いきれないだけだ」

「……何だか僕を凄《すご》い大食い扱いしてませんか？」

「扱い？　何を今さら。君は疑う余地などひとかけらもない大食らいだよ。ほら、遠慮せずにさっさと片づけてしまえ」

「むー。酷《ひど》いや。そんな意地悪言う天本さんには、先生が言ってたもう一つのこと、教えてあげるのやめちゃおうかな」

　敏生はぷうっと丸い頬《ほお》を膨らませつつ、ぱくりとチキンカツを頬張る。森は笑いながら皿を持って立ち上がった。

「それこそ意地悪だろう。教えろよ。奪われた掛け軸について何かわかったのか？」

「んー。わかったっていうほどのことじゃないんですけど。ほら、今日は先生と画集を見てるとき、上手《うま》い具合に他のお弟子さんがいなかったんです。それで、知り合いの持ってる掛け軸なんですって言って、先生にあのポラロイド写真を見せてみたんですよ」

　敏生は口いっぱいに頬張ったチキンカツのせいで不《ふ》明瞭《めいりょう》な口調でそう言いながら、自分も空いた皿を重ねつつ言った。

「ほう？　それで？」

「先生は暁斎に詳しいわけじゃないし鑑定家でもないから、それが暁斎の真筆かどうかは全然わからないって。でも、暁斎って人は、お酒の席なんかでさらさらっと即興で洒落《しゃれ》た絵を描《か》くこともあったんだそうです。だから、それがそういう絵の一枚である可能性もあるんじゃないかって仰《おっしゃ》ってました。私なら絶対手元に置かないような薄気味悪い絵ねって笑っておられましたけど」

「同感だな。あれをわざわざ出してきて床の間に掛ける奴《やつ》の気が知れないよ。……それで、先生はその絵について何かご存じだったかい？　どこかで見たことがあるとか」

森は、洗い物を始めながら声を張り上げて質問を続ける。敏生は、自分の食器を両手で持って、台所に行った。

「いいえ。でも、よく似た絵があるわよって、幽霊画を特集した美術雑誌を貸してくださいました。怖いですよ。これまた落款《らっかん》のない絵で、でも暁斎作品とされてる作品なんですけど、あの掛け軸の絵とそっくりのお婆《ばあ》さんの幽霊が、生首をくわえて立ってるんです。後で見せてあげますね」

「……気は進まないが、拝見しよう。今は、どんな小さな手がかりでも欲しいからな。俺が調べたところでも、河鍋暁斎には熱狂的なコレクターが多いようだ。あるいは、蔵から久しぶりに出されて飾られた掛け軸が人の目に留まり、そうしたコレクターに売りさばく目的で狙《ねら》われたという可能性もあるだろう」

「あ、なるほど。そうか。『組織』に寄せられた依頼だし、襲われたのが早川さんと河合さんだから、つい妖《あやか》し関係で考えがちだけど、泥棒さんにとっては、術者も一般人も関係ないですもんね」

　敏生は、森が洗った皿を拭《ふ》きながら、感心したように言った。

「ああ。あらゆる可能性を考えるべきだろうと思ってな。ただ、そうなると河合さんを拉《ら》致《ち》する理由が……」

「ないですねえ。だって、河合さんは目が見えないんだから、犯人の顔が見えるわけないし」

「ああ。だが、動転した犯人がそれに気がつかず、河合さんを連れ去った可能性は否定できない。だが、三日も経《た》てば、犯人もさすがに河合さんが盲目なことに気づくだろう。そのとき河合さんがどういう扱いを受けるかと思うと……」

「心配ですね。……無事だといいんだけど」

　二人は同時に溜《た》め息《いき》をつく。そのとき、居間の電話が鳴った。二人はハッと顔を引き締める。

「僕出ますッ！」

　敏生は布巾《ふきん》を放《ほう》り出《だ》して台所を走り出た。受話器を取り、勢い込んで声を出す。

「もしもしっ！」

『……琴平《ことひら》君か？』

受話器の向こうから聞こえた声は、のんびりした、耳から全身にじわじわ染《し》み透《とお》るような穏やかな声だった。その独特のイントネーションと相まって、決して間違えようのない……河合純也《すみや》の。

敏生は両手で受話器を耳に押しつけた。

「河合さん？　河合さんなんですね⁉　今どこに？　無事なんですか？　怪我《けが》してたり誘拐されて閉じ込められてたりしないんですか？」

「河合さんだって⁉」

台所の入り口から様子を見ていた森も、顔色を変えて敏生のそばに駆け寄ってきた。ハンズフリーボタンを押し、声が自分にも聞こえるようにする。

『んー。……ああ、べつに怪我はないみたいやで』

河合の声は、いつにも増して間延びした感じだった。襲撃され、拉致《らち》されたような緊張感や危機感は、その声からは少しも感じられない。何ともいえない違和感に襲われ、森と敏生は思わず顔を見合わせた。

（もしかしたら、そばに誰かいて、言いたいことが言えないのかな……）

「河合さん？　あの、ホントに大丈夫ですか？　今どこにいるんです？　とにかくそれだけでも教えてください！」

敏生は早口に囁《ささや》いた。だが、それに対する河合の返事も、不自然に曖昧《あいまい》なものだった。

『あー……それもちーとわからんなあ……どこやろな、ここ』

「河合さん！　しっかりしてください！」

焦《じ》れて、森も尖《とが》った声をあげる。

『ああ、テンちゃんもおんのか。……あんな。たぶんあんまり喋《しゃべ》ってられへんねんわ、オレ』

「だからいったいどこで何をしているんですか！　居場所を知らせてください。すぐに迎えに行きます！」

森の必死の言葉にも、河合のいつも以上にのんびりして平板な語り口は変わらない。

『居場所なあ。……ホンマどこやろな、ここ』

「河合さん！　冗談を言ってる場合では……」

『冗談違うかって……。なあ、早川さんは？　無事か？』

苛立《いらだ》ちと戸惑いで思わず絶句した森に代わり、敏生が答える。

「早川さん、怪我《けが》して入院してます。でも、命に別状はないそうです。河合さんは？　一緒に襲われたんでしょう？」

『まあ……そうやねんけどな。あんなあ、テンちゃん、琴平君。オレんことは心配せんでええで。……っちゅうか、オレを捜さんでええ。このまま忘れてくれてええねん』

てくださいっ」


「河合さん？　突然、どうしてそんなこと……」

「河合さん、何を馬鹿なことを言っているんですか。こんな非常時にはぐらかすのはやめてくださいっ」

二人は口々に声を荒らげたが、河合は穏やかに言った。

『こないだ持っていった鉢植えな、あれオレやと思うて大事にしたって』

「河合さんってば。何言ってるんですよう。鉢植えなんかどうだって……」

敏生はハンズフリーにしていることを忘れ、受話器を握り締めて半泣きの声をあげる。

だが河合は、そんな敏生を宥《なだ》めるように、優しい声音で言葉を継いだ。

『なあ……オレの眼鏡《めがね》知らんか、琴平君？』

敏生は半ば呆然《ぼうぜん》とした様子の森の顔を見上げ、それからゴシゴシと両目に浮かんだ涙を拭《ふ》きながら答えた。

「公園で拾いました。レンズ割れちゃってますけど、直しに出しておきますから。だから、捜さないでなんて、忘れろなんて変なこと言わないでください。いったいどうして、そんな酷《ひど》いこと……」

『それ、もう要らんのや。ほかしてええけど、よかったら記念に持っといたって。べつに修理なんかせんでもええし。……ああ、そろそろアカンぽいな』

河合は独り言のように呟《つぶや》いた。森はギョッとしてハンズフリーのスピーカーに顔を近づける。

「河合さん！　お願いですから、居場所だけでも知らせてくださいッ。場所がわからなくても、周囲に何か特徴的な建物の一つくらい……いや、見えないんでしたね。だったら何か音でも」

ははは、といつものように河合は呑気《のんき》らしく笑った。蛙《かえる》じみたいつもの笑顔が脳裏をよぎるような、いつもと何一つ変わらない笑い声だった。

『そないな声出しなや。テンちゃんはもう立派な術者やし大人やし、師匠がおらんかっても平気やろ？　あんときみたいにべそかいたりせえへんやろ？』

「な……。何を言ってるんです」

『あんとき、テンちゃん泣いてへんて言うたけど、ホンマは泣いとったんやろ？』

森の強張《こわば》った顔に、複雑な歪《ゆが》みが加わる。奇妙に上擦った声で、森は口ごもりつつ言った。

「あ……あれは本当に煙が……」

『いや、どうでもええけど。オレ、ええ弟子持って幸せやった。な、テンちゃん。これだけは覚えといてな』

淡々と、だが何故《なぜ》か念を押すように、河合はわずかに声の調子を強くした。

『オレは、テンちゃんが弟子でよかったと思てる。……何があっても、そう思てるて。ホンマ、忘れんといてな』

「待ってください。河合さん、河合さッ……！」

「河合さん、切っちゃ駄目です！」

プツッ……ツー、ツー、ツー……。

必死で呼びかける二人の声も空《むな》しく、電話は切れた。敏生は、結局最後まで耳に当てたままだった受話器を、そっと置く。重い沈黙が、二人の間に落ちた。

敏生は、青ざめた顔をして半ば放心したように立ち尽くす森の二の腕にそっと触れた。

「天本さん……？」

森は咄嗟《とっさ》に答えられず、片手で眉間《みけん》を押さえて深い溜《た》め息《いき》をついた。

「まったく……もとから突拍子もないことを言ったりしたりする人だが、今度のはあまりにも酷《ひど》すぎる。いったい何がどうなってるんだ」

敏生も、途方に暮れた表情で、眉間に深い縦皺《たてじわ》を刻んだ森と、もううんともすんとも言わない電話を見比べる。

「ねえ、天本さん……。あのう、今の電話、本物の河合さんから……ですか？」

森はもう一度嘆息すると、険しい顔で、それでも感情を押し殺した声で言った。

「あれが河合さんを装《よそお》った式《しき》じゃないかと君は思ってるんだろう？」

敏生はこくりと頷《うなず》いた。

「だって、そういう式《しき》を作るのは術者ならそんなに難しくないって、天本さん言ってたじゃないですか。早川さんの家族とか職場の人とかを騙《だま》せるくらいちゃんと喋《しゃべ》れるんでしょう、その式って」

「……まあな。だが、あれは式じゃない。本物の河合さんだ」

森はキッパリ言った。敏生は躊躇《ためら》いつつも、小声で訊《たず》ねる。

「でも……どうしてそう言いきれるんです？」

「………」

森は、それには答えず暖炉の前に片膝《かたひざ》をついた。そして、すっかり弱まった火に、慎重に薪《まき》を足す。敏生も、暖炉の真ん前の絨毯《じゅうたん》に胡座《あぐら》をかいた。

敏生が座り込んでしまったので、森も仕方なくその傍《かたわ》らに腰を下ろす。二人はしばらく、無言でパチパチと次第に大きくなっていく火を見つめていた。

火を見ていると落ち着くんです。

敏生はよくそう言っていた。だから今、火の近くに静かに座ることで、河合からの謎《なぞ》めいた電話ですっかり動揺してしまっている自分自身と、そしてもっと激しいショックを受けたであろう森の心を落ち着かせようとしたのだろう。

そんな敏生の気遣いに感謝しつつ、森は口を開いた。

「さっきの電話が本物の河合さんからだと断言できたのは……河合さんが、俺と彼しか知らない秘密を知っていたからだ。他人が俺たちを騙《だま》そうとして式《しき》に台詞《せりふ》を吹き込んだんだとしたら……あんなことは言えなかっただろう」

敏生は、胡座《あぐら》を体操座りに直し、揃《そろ》えた膝小僧《ひざこぞう》に顎《あご》を載せて森を見た。

「……どんな秘密ですかって訊《き》いたら、怒りますか？」

おねだりするときにいつも見せる上目遣いを受けて、森もほんの少し落ち着きを取り戻し、口の端《は》にまだ硬い微笑を浮かべた。

「怒りはしないよ。……少々恥ずかしいが、まあ時効だな。俺が河合さんの助手になって日が浅い……それこそ、術者心得の初歩の初歩を教わっていた頃のことだ」

森は、長い足を緩く曲げ、どこか悲しげな表情で言った。

「高校二年の二学期末、学校から帰ってきたら、何故《なぜ》か家の前に、河合さんがいた」

「家って……前に住んでた天本さんの家に、ですか？　河合さんがひとりで？」

「ああ。あの頃の俺は、まだ河合さんに……彼の言葉を借りればまったく『懐《なつ》いて』いなくて。……というより、人との距離の取り方があまりにも下手だったんだ」

「……何となく想像つくなあ」

敏生はクスリと笑う。それを軽く睨《にら》んで、森は話を続けた。

「どうせ。……とにかく、あの人は今と少しも変わらなくて……出会ったそのときからずっと、俺に優しくしてくれた。俺は可愛《かわい》げの欠片《かけら》もない無愛想《ぶあいそ》な奴《やつ》だったのに、腹を立てもせず、いつも笑顔で穏和に接してくれた。あのときも……」

何の用かと冷たく問う森に、河合は屈託なく笑ってこう言ったのだという。

——何て、終業式やろ？　師匠が弟子の通信簿チェックせんで、どないすんねんな。

「通信簿！　見せたんですか？」

目を丸くする敏生に、森は苦笑いで頷《うなず》いた。

「邪険に追い返すわけにもいかないだろう？　父が不在なのを確かめて、家に上げたよ。冗談かと思ったら、本当に通信簿の点数を読み上げろと言ってね。仕方なくそうしたが……面食らった。まさかあんなものをチェックしたがる人間がいるなんて思わなかった」

「どうして？　お父さんは成績のこと、厳しくなかったんですか？」

「いや。父にとっては、学校の勉強などできて当然の取るに足らないものだった。通信簿など見たこともなかったよ。それなのに河合さんは、一教科の成績を言うごとに、偉いだの賢いだの、大袈裟《おおげさ》に褒めちぎるんだ。嬉《うれ》しいというより、気恥ずかしくてたまらなかった」

「ちなみに、成績はどんな感じだったんです？」

「うん？　……体育以外は、五段階評価でA以外取ったことはないよ。体育は、夏が鬱陶《うっとう》しくてプールの授業を全部サボったら、さすがにCがついた」

敏生は、思わず羨望《せんぼう》と呆《あき》れが半々の複雑な表情で言った。

「あんまり天本さんらしくてどうリアクションしていいかわかんないや。……羨《うらや》ましいなあ。そんな成績、一度でいいから取ってみたかったですよ。僕なんか、担任の先生どころか、ヒロ君にまで『お前、こら酷《ひど》いな』って言われてたのに」

「そんなに？」

「美術以外は、全部DかEでした。美術だけはいつもA」

「……それは本当に酷い。よく進級できたな、君」

「どうせ！　僕のことはいいですから、話続けてくださいよう。それで、どうしたんですか？」

森は、細い薪《まき》を暖炉にくべて、こう言った。

「それから……。仕事の話のついでに通信簿をチェックしたのかと思ったら、その日はまったく仕事抜きだったんだ。それで、お茶を飲んでしまうと大した話題もなく、俺は黙り込んでしまった。そうしたら河合さんが、突然こう言った」

――なあ、テンちゃん。この家、庭広いんやろ？　落ち葉集めて、焚《た》き火《び》でもしよや。オレ、土産《みやげ》にこれ持ってきてん。

そう言って河合が持ち上げたみすぼらしいビニール袋には、サツマイモが入っていた。そこで二人は庭に出て、一緒に……と言っても河合は指示を出すだけで、実際は森が落ち葉を掃き集め、芋を埋めて火をつけた。

あー、ぬくいぬくい……と嬉《うれ》しげに焚き火《たび》のそばにしゃがみ込み、両手を火にかざして温めながら、鼻の頭を赤くした河合は言った。

——テンちゃん、焚き火も焼き芋も初めてやろ。

「無論、初めてだった。そういう行為は知識として知っていたが、実行するのは初めてだ……と言ったら、河合さんはどこか得意そうに笑って言ったよ」

——テンちゃんは、ホンマに子供らしい遊びは何一つ教えてもらわんと育ったんやなあ。オレら、施設で育っても、焼き芋くらいはみんなで食うたで。……けどな。オレはテンちゃんが可哀相《かわいそう》やとは思わへんで。テンちゃんは、楽しみを後に取っといただけや。

傍《かたわ》らに突っ立ったまま話を聞いている森のほうへ顔を向け、河合は蛙《かえる》そっくりの笑顔でこう続けた。

——術のことだけやあれへん。オレが何でも教えたる。子供の遊びから、姉ちゃんの口説き方まで、何でもな。……なあ、テンちゃん。この世界は、そう悪いとこやない。綺麗《きれい》なもんも、楽しいことも、ようけえある。テンちゃんはこれからの人生、もっともっと笑いながら生きなアカンのやで。これまでの分を取り返して、お釣りが来るくらいにな。

遠い日を思い出すように、森は目を細めてオレンジ色の炎を見た。

「それまでそんなことを言ってくれた人はいなかった。俺はすっかり面食らってしまって、不覚にも理由のわからない涙が出てきた。そうしたら、目が見えてない河合さんにそれをたちまち指摘されてね。やけに悔しくて、泣いてなどいない、煙が目に沁《し》みたんだと子供じみた言い訳をした」

「あ……それでさっき河合さん、あのとき天本さんが本当は泣いてたんだろうって？」

「ああ。言われて初めて思い出した。本当に、大昔の他愛《たわい》ない話だよ。景気よく火を燃やしすぎて、黒焦げになった芋を二人で齧《かじ》った。芋というよりは消し炭だったよ。焼き芋がもう少しマシな食い物だと知ったのは、もっと後のことだ」

森は少し切なげな顔で、大切な思い出話をそんなふうに締《し》め括《くく》った。敏生は、ギュッと向こうずねを身体《からだ》に引き寄せた。

「そっか。仕事のことじゃなくて、日常のそんなちょっとしたことを覚えてるってことは……」

森は小さく頷《うなず》く。

「あの電話の声は、本物の河合さんだ。だから、とても混乱している。どうしてあんなことを言ったのか……。あれではまるで」

まるで今生《こんじょう》の別れを告げる挨拶《あいさつ》のようだ。

そんな言葉を、森はすんでのところで飲み込んだ。声に出してしまえば、その言葉に言霊《ことだま》が宿って本当のことになってしまうような気がしたのである。

だが敏生には、そんな森の気持ちが手に取るようにわかった。だから敏生は、少しでも物事をプラスに考えようと努力してこう言った。

「僕にも河合さんの言葉の意味はわかんないです。でも……あれが本物の河合さんってことは、河合さん、無事でいるってことですよね。怪我《けが》してないって言ってたし、声だっていつもと変わらなかったし！」

敏生が自分を慰めようとしているのに気づき、森は深く頷《うなず》いて敏生の頭にポンと手を置いた。

「君お得意の、よかった探しか。だが、そのとおりだな。河合さんが無事でいてくれたことには、俺も少し安心した」

「でも、いったいどこで何してるんでしょうね。……それに、早川さんがあんな大怪我させられたのに、どうして河合さんは無事なんだろ。おまけに、どこにいるかホントにわかんないような口ぶりだったでしょう？　とぼけてるわけじゃなくて」

「ああ。何もかもがわからないな。一つ安心して、百の心配が増えた気分だよ」

「……僕もです」

森と敏生は、顔を見合わせてまた特大の溜《た》め息《いき》をついた。

すると、それに呼応するように……。


ピンポーン！

いきなり鳴ったインターホンに、森はビクリと身を震わせ、敏生は文字どおり飛び上がった。

河合か、あるいは河合と早川の襲撃事件に関係のある者が訪れたのかも……という共通の思いに、二人は先を争って玄関へ向かう。

だが、門扉《もんぴ》を自分で勝手に開けて、玄関の扉のすぐ前に立っていたその人物は、赤っぽい「ぬりかべ」……もとい世にも珍しい煉瓦色《れんがいろ》のトレンチコートを着こんだ龍村泰彦《たつむらやすひこ》であった。ご丁寧に、似た色のボルサリーノまで被《かぶ》っている。相変わらず、お洒落《しゃれ》と悪趣味の境界線上にある微妙な着こなしだ。

「何だ、龍村さんか」

「なーんだ、龍村先生かあ」

扉が開くなり二人に無礼な言葉を浴びせられ、さすがの龍村も、太い眉尻《まゆじり》を情けなく下げる。

「おいおい、二人してその挨拶《あいさつ》はないだろうが。よほどの取り込み中か？　僕は今、世界一の野暮天《やぼてん》か？　でもないよなあ、二人してしっかり着こんでるし」

「……あんたこそ、来るなりその勘ぐりはないだろう。取り込み中だが、意味が違う。だいたい、来るなら連絡してからにしろといつも……」

森はお決まりの文句を口にしようとしたが、龍村はそれを皆まで言わさず反論した。

「したさ。東京出張の帰り、思わぬ休みが取れたんでな。だったらお前んちに泊まらせてもらおうと駅から電話したが、話し中だったじゃないか」

「……あ。それって、さっきの河合さんからの電話……」

「敏生！」

「あ」

森に窘《たしな》められ、敏生はハッと手で口を押さえた。だが、妙なところでさとい龍村である。森と敏生の様子がいつもと異なるのに気づき、怪訝《けげん》そうに敏生の顔を覗《のぞ》き込《こ》んだ。

「……どうした？　何かあったのか？」

「あ……えっと……あの」

嘘《うそ》を許さない仁王《におう》の眼《め》に凝視され、敏生は龍村と森の間で大汗を掻《か》く。森は少し逡巡《しゅんじゅん》したものの、結局玄関の扉を大きく開け、龍村を中に招き入れた。

「何でもないから帰れと言ったところで、あんたは聞くまいな。……それに、帰宅途中、あんたまでどこかの誰かに襲撃されては、俺が再起不能になりそうだ」

さすが法医学の人間というべきか、襲撃という言葉を聞いた瞬間、龍村の四角い顔が厳しくなった。

「剣呑《けんのん》な話だな。いったい何がどうなっとるんだ」

森は、顎《あご》で家の中を示す。

「とにかく入れ。夕飯はまだなんだろう？　有り合わせで作ってやるから、食いながら話を聞けよ」

「うむ。……どうも、本当に間の悪いときに来ちまったようだな。すまん」

広い肩をそびやかせつつも、龍村はずいと家の中に入った。

「来るんじゃなかったと後悔しないことを祈るよ。その顔からして、ずいぶん外は寒かったようだな。敏生と火遊びをしたから居間は暖かいが、よければ飯を作る間に、風呂《ふろ》で温まってこいよ。……敏生。少し手伝え」

森は素っ気なくそう言うと、敏生を追い立て、廊下をスタスタと歩き去ったのだった。


「ううむ。そんな大ごとになっとったのか。さすがの僕も、かなり驚いた」

森が冷凍庫と冷蔵庫の中身を動員して何とか作り上げた夕飯をワシワシと掻《か》き込《こ》みながら、龍村は唸《うな》った。森は、龍村のグラスにビールを注《つ》いでやりながら言った。

「だろうな。俺と敏生の挨拶《あいさつ》があだったのも納得できるだろう？」

「ごめんなさい、龍村先生。あんな電話の後だったから、つい……」

敏生は心底すまなそうに、テーブル越しに龍村に向かってぺこりと頭を下げる。龍村は、大きな口を引き伸ばすようにニヤリと笑った。

「こんな事情がなければ、相当ショックだったと思うがな。だが、今は申し訳なかったと思ってる。えらいとこに来ちまったな。やはり今回は、飯を食ったらどこか宿を探してそっちに泊まることにし……」

「そんな必要はないよ」

森は、即座に龍村の言葉を遮った。

「そうか？　だが……」

「いつまでいられるんだ？」

「そうだな。とりあえず三日間の休みをもぎ取ったから、明々後日《しあさって》の夜に帰ろうと思ってるんだが」

「そうか……」

森は少し考えてから、真面目《まじめ》な顔でこう言った。

「もし、この厄介事に関《かか》わり合《あ》っている場合ではないなら、やはり他に宿を取ってくれ。小一郎《こいちろう》に送らせれば心配はないだろう。だが、もし……」

「是非とも関わり合いになりたいもんだな。あんまり今さらなことを言うなよ、天本。お前と琴平君の力になれることがあるなら、何だってするさ。いつだって僕はそう言ってきただろうが」

ひとかけらの迷いもない龍村の言葉に、森はしんみりと礼を言った。

「ありがとう、龍村さん。あんたならそう言ってくれるだろうと思っていた」

敏生も、森の傍《かたわ》らでホッと肩の力を抜く。龍村は、ビールを飲み干して訊《たず》ねた。

「だが、天本。捜索は難航してるんだろう？　掛け軸も、河合さんも」

森は陰鬱《いんうつ》な表情で頷《うなず》いた。

「ああ。掛け軸のほうは、古美術に詳しい知人に調査を依頼しているが、まだ返事は来ない。河合さんは……もとからどうやって捜せばいいか悩んでいたところに、本人からあんな電話だ。正直言って、まだ混乱したままだよ」

「だろうな。無理もない。……だが、そうなると僕は何をすればいい？」

テーブルに頰杖《ほおづえ》をついた森は、手から頰を動かさず、ほんのわずかにかぶりを振った。

「何も。ただここにいてくれればいい」

「いるだけか？」

龍村はやや不満げに目を剝《む》く。

「ああ。あんたは、自分の存在感に自覚がないのか？　あんたがこの家にいてくれるだけで、俺も敏生も心強いよ」

「む。そりゃ過分な褒め言葉だな。だが……」

「それに……そろそろ呼び出しがかかりそうなんでね。ああ、どうやら来たようだ」

森はふと立ち上がった。

「小一郎、構わない。そいつを入れてやれ」

——御意《ぎょい》。

主《あるじ》の命令に、小一郎は姿を現さず、声だけで答えた。森は、そのまま居間へ歩いていき、庭に続くガラス戸を大きく開け放った。

真冬の夜風が、居間を通り抜け、食堂にまで吹き込んでくる。暖炉の火が、風に煽《あお》られてボウッと大きな音を立てた。

「あ、天本さん？　何やってるんですか」

敏生は身震いしながら立ち上がり、居間へ行こうとした。龍村も、席を立って後に続く。

「……敏生、龍村さん。そのあたりにいろ。あまりこっちに近づくな」

「天本さん？　大丈夫ですか？」

敏生は半ば無意識に、その小さな身体《からだ》で龍村の巨体を庇《かば》って一歩前に出る。

ビュウウウッ！

突然、ひときわ激しい突風が吹きつけ、カーテンや戸の近くに立った森の黒髪が、激しく揺らめいた。無数の氷の針を浴びせられたような冷たすぎる風に、敏生と龍村も、思わず手で顔を庇う。

「凄《すご》い風……天本さん、大丈夫で……あッ！」

「うおっ！」

ようやく風が止《や》み、手をどけた敏生と龍村は、それぞれ驚きの声をあげた。

森は乱れた髪を片手で撫《な》でつけつつ、相変わらず同じ場所に立っており……しかし、ソファーの背もたれの上に、さっきまでは絶対にいなかったものがいたのだ。

「と……鳥か？」

龍村の口から、そんな呟《つぶや》きが漏れた。敏生も、小さく頷《うなず》く。

それは、巨大な黒い鳥だった。烏《からす》に似ているが、それにしては大きすぎる。バサリと漆黒の翼を広げると、敏生の華奢《きゃしゃ》な身体《からだ》などすっぽり包み込まれてしまいそうだった。

ケエエエエエェッ！

鳥は、鋭い鉤爪《かぎづめ》をソファーの背もたれに食い込ませ、大きなくちばしを開いて奇声をあげた。口の中まで黒い。瞬《まばた》きをしない両眼は、トパーズのような金色をしていた。

龍村と敏生は、ごくりと生唾《なまつば》を飲む。だが、妖《あや》しい鳥は、二人にはまったく注意を払わず、ただ森だけをじっと見ていた。

森は腕組みして壁にもたれて立ち、冷たい声で言った。

「『組織』の式《しき》だな。何用で俺の結界に入り込んできた？」

「式神⁉　あんな姿の式神もいるのか」

「しッ」

驚いて大声を出しかけた龍村の口を、敏生は自分の手のひらで押さえた。その目は、心配そうに森を見守っている。

黒い鳥は、しばらく値踏みするように首を傾《かし》げ、森をつくづく見ていたが、やがてそれが目的の人間だと確認したのだろう。再び口を開いた。

『アマモト　シン。ソシキノ「サモンカイ」ガ、ヒラカレル。オマエガ、ショウニントシテシヨウシュウサレタ』

鉤針《かぎばり》のように先端が尖《とが》った長いくちばしが、パクパクと動く。その喉《のど》から、コンピューターが合成した音声のような、金属的で平板な声が漏れた。どことなく、早川の見舞いに行ったときに病院で遭遇した式神《しきがみ》を思わせる声の調子である。

(サモンカイ……査問会？　もしかして、早川さんの処分を決める集まり……？)

敏生はハッとした。龍村は、何が何だかわからず、ただギョロ目を白黒させている。

おそらく、こうした使いが来ることも、そのメッセージの内容も予測済みだったのだろう。森は能面のような無表情で先を促した。

「それで？」

鳥の姿をした式神は、託された主《あるじ》の言葉を機械的に吐き出す。

『ミョウチョウ　ゴゼン　ジュウジ、ムカエノクルマヲマテ』

「午前十時。了解した。それだけか？」

『コトヒラトシキ　アルイハ　コイチロウ』

「え？　ぼ……僕か小一郎が何？」

突然、式神《しきがみ》に自分の名を呼ばれ、敏生はギクリと身体《からだ》を強張《こわば》らせる。龍村の右手が、咄嗟《とっさ》に敏生の肩を摑《つか》み、自分のほうへ引き寄せた。

式神は、森を見据えたままで喋《しゃべ》り続《つづ》けた。

『イズレカヲ　ドウコウサセ……「ソシキ」ニアズケルコト』

「何だと？」

初めて、森はその端麗な顔に、あからさまな不快の色を浮かべた。敏生と龍村も、無言で顔を見合わせる。

「敏生か小一郎を、査問会の間、『組織』に預けろだと？　どういうことだ」

『「ソシキ」ニチュウセイヲシメシ、ギショウヲセヌト　チカウタメダ』

「今さら、『組織』に忠誠を示せだと？　ふざけたことを。そんなことは必要ない」

森は荒々しく吐き捨てたが、式神は森と会話する能力を持ち合わせてはいないようだった。ただ、一方的に話を進める。

『シジニシタガワヌバアイ、ハヤカワチタルノショブンハ、モットモオモイモノニナルダロウ』

「……足元を見てくれるじゃないか。しかも、こちらに要求を伝える権利はないのか？」

『イジョウダ』

式神はあっさりとくちばしを閉じ、バサリとその闇色《やみいろ》の翼を広げた。森は舌打ちして一歩下がる。

大きな黒い鳥の姿をした式神《しきがみ》は、何度か羽ばたき、そして入ってきたときと同じように、開けっ放しのガラス戸から凄《すさ》まじい勢いで外へ飛び出した。闇色の翼は、そのまま夜の冷えきった空気の中へ溶け込んでしまう。

ただ、大きな翼が立てた風だけが、三人の頰《ほお》を鋭く掠《かす》めた。

──主殿《あるじどの》。後を追いまするか?

小一郎の声が聞こえたが、森は力なく首を横に振った。

「いや、いい。追ったところで、あの式は捨《す》て駒《ごま》だ。途中、どこかで消される定めだろう。それに、今は早川のためにも、『組織』に喧嘩《けんか》を売るべきではない」

──はっ。心得ましてござりまする。……おそれながら、主殿。この小一郎、是非主殿のお供を……。

「わかっている。控えていろ」

──失礼仕《つかまつ》りました。

森はガラス戸を閉めると、静かに敏生と龍村のほうへ身体《からだ》ごと向いた。

「……というわけだ。さっそく招集がかかったな」

「そのようだな。どうもよくわからんが、『組織』の査問会というのは、早川さんの処分を決定するための会議か？」

龍村は、すっかり冷えてしまった身体《からだ》を温めるべく、暖炉のそばに歩み寄って訊《たず》ねた。

敏生は、森のそばに行って、ガラス戸の外を見る。

森は敏生をソファーのほうに押しやりながら、龍村の問いに答えた。

「ああ。おそらく、日帰りではすまないだろう。二日か、長ければ三日ほど家を空ける。さっき言いかけていたことだが、留守を頼めるかな、龍村さん」

龍村は、大きく頷《うなず》いた。

「いいとも。僕では、どうせその程度しかできることはないだろうしな。留守は引き受けた。電話番とゴミ出しと、ビールの在庫を減らすのは任せておけ。……と、天本。ということは、さっきのジャンボ烏《からす》が言ってた付き添いの件は、琴平君を？」

自分も森と一緒に行きたいと思っていたのだろう。敏生は期待に顔を輝かせて森を見る。だが森は、即座にそれを打ち消した。

「いや、連れていくのは小一郎にする」

「えええ」

それを聞いた敏生は、みるみる可哀相《かわいそう》なくらい萎《しお》れてしまう。だが森は、そんな敏生の背中を軽く叩《たた》いてこう言った。

「そんなに落ち込むな。君が頼りないから置いていくと言っているんじゃないぞ」

「でも……」

「俺の留守中に、誰かから掛け軸の情報がもたらされるかもしれない。あるいは、また河合さんから連絡があるかもしれない。事情がわかっている君に、しっかり応対してもらわなくてはな。小一郎を連れていっても、他の式《しき》たちにこの家の守りにつかせる。龍村さんもいる。ひとりぼっちで留守番より遥《はる》かに安心だろう？」

敏生はさっきよりはずいぶん納得した様子で、それでもまだどこか不満らしい顔つきをしている。森は苦笑してこう付け加えた。

「それに、査問会の間、俺の同行者は、いわば人質だ。小一郎は長時間待機することに慣れているが、君はどうかな。狭い部屋に査問会が終わるまでずっと閉じ込められ、誰とも面会を許されず、電話もできない。……まあ、食事くらいは飢え死にしない程度に差し入れてもらえるだろうがね。そういうのがお望みかい？」

敏生は勢いよく首を水平に振る。

「いえっ。あの……何かそれよりは、家にいて頑張ってお留守番したほうが、早川さんの役に立ててる気がします」

「そうだろう？　適材適所だ。君は、龍村さんと一緒に俺の留守を守ってくれ。頼りにしているよ」

敏生は暖炉のそばに立って頼もしく笑っている龍村を見て、笑顔で頷《うなず》いた。

「わかりました！　任せてください。……あ、でも河合さんのほうは……」

途端に、敏生の顔も森の顔も曇る。龍村も、心配そうに森を見遣《みや》った。だが森は、きっぱりとこう言った。

「河合さんのことは心配だし、放《ほう》っておきたくはない。いくらあの人自身が大丈夫だと言っても、早川があのざまだ。河合さんだけが無傷だとは思えない。……だが、どうやって河合さんを捜せばいいか、今の俺にはわからない。それならば、まずは早川のことに集中しようと思う」

「天本……」

「師匠を見捨てる薄情な弟子と、あんたは詰《なじ》るかい、龍村さん？」

皮肉っぽい口調に、森の胸の痛みを察したのだろう。龍村は低い声でボソリと言った。

「そんなわけがないだろう、この馬鹿」

「……ありがとう」

森の視線が、敏生に移動する。敏生も、にっこりしてこう言った。

「僕は天本さんの助手です。天本さんがそう決めたなら、僕だってそれを一生懸命バックアップします。……それに、僕は家にいますから、河合さんからの連絡だって待てますし」

「そうだな。よろしく頼む」

敏生の肩を抱き、龍村と笑みを交わし合って、森は言った。

「では、俺は明日の準備をするよ。龍村さん、仕事で疲れてるんだろう。あんたはゆっくり休め。敏生、火の始末を忘れるな」

＊　　　＊

その夜、遅く……。

とりあえず数日分の衣類をバッグに詰め、森はそれを机の脇《わき》に置いた。バッグの上に、小さな羊人形を置く。いつもなら、自分が出掛けていくときは敏生のもとに残していくことが多い小一郎だが、今回は森のお供である。

しばらく家を空けることを編集者に知らせるメールを何通か打ち、さてそろそろ寝ようかと思っていたとき、小さなノックの音が聞こえた。

こんな時刻に部屋を訪れる人物は、ひとりしかいない。森は小さく笑って声を掛けた。

「どうぞ」

「ええと……あの、僕です」

扉をそうっと開けて入ってきたのは、森が予想したとおり敏生だった。パジャマ姿の敏生は、小脇《こわき》に枕《まくら》を抱えている。その姿を見れば、目的を推測し損なうのは至難の業《わざ》だ。

森は片眉《かたまゆ》を上げ、皮肉っぽい口調で訊《たず》ねた。

「おや、まだ時刻も早いのに、もう寝ぼけたのかい？　君の寝室は、隣だと思ったが」

「もう……すぐそうやって意地悪言うんだから」

敏生はちょっと頬《ほお》を膨らませ、しかし素直に言った。

「一緒に寝てもいいですか？　ごめんなさい。子供みたいだけど、どうしようもなく心細くて……。明日からしばらく離ればなれだから、今夜はちょっとでも長く、天本さんのそばにいたいんです」

「おいおい、敏生。大袈裟《おおげさ》すぎやしないか。俺は、二、三日留守にするだけだぞ。世界一周旅行に出掛けるわけじゃない」

「わかってます。自分でもこんなのおかしいって思うんです。でも！」

「馬鹿、からかっただけだ。そんな心細そうな顔をするなよ」

森は敏生の柔らかな髪を、大きな手で掻《か》き回《まわ》すように撫《な》でた。敏生は、ようやくホッとした面持ちになる。

「……じゃあ、いいですか？」

「いいよ。俺も、もう寝ようと思っていたところだから」

「よかった。じゃあお邪魔しまーす」

そう言って、敏生はさっさとベッドカバーをめくり、森のベッドに飛び込んだ。森も、苦笑いで厚手のガウンを脱ぎ、部屋の灯《あか》りを消してから、冷たいシーツの間に身を滑り込ませた。

「龍村さんは？」

「もうおやすみみたいですよ。さっき台所に牛乳飲みに行ったら、襖《ふすま》の向こうからいびきが聞こえました」

「なるほど」

それきり二人とも無言で、それぞれの枕《まくら》に頭を預け、横たわる。

傍《かたわ》らに優しい温《ぬく》もりを感じながら、森は口を開いた。

「それで？　俺のベッドなら、眠れそうかい？」

「眠れますよ。天本さんが横にいるって感じられるから」

敏生は、嬉《うれ》しそうな声でそう答える。

「だったら、明日はいつもどおりの時間に起こしてくれよ。十時出発なら、二時間以上前に起きて頭を覚醒《かくせい》させておきたい」

「いいですよ。どうせ僕はもっと早く目が覚めますから。おやすみなさい、天本さん」

「おやすみ、敏生」

二人はおやすみの挨拶《あいさつ》を交わし、目を閉じた。

だが、しばらくして……。

「天本さん、まだ起きてますか？」

傍《かたわ》らから聞こえた囁《ささや》き声《ごえ》に、敏生に背を向けてうとうとしていた森は目を覚まし、寝返りを打とうとした。だが、敏生はそれを片手で制止する。

「起きてたら、こっち向かずに聞いてほしいんです。……たぶん、そのほうが話しやすいから」

「どうした？」

仕方なく森は、敏生の顔を見ないままで問いかけた。背中のごく一部に、おそらくは敏生の額であろう温《ぬく》もりを感じる。

敏生はしばらく沈黙してから、どこか緊張を孕《はら》んだ声でこんなことを言った。

「あのね。こんな話をこんなときにするのは不謹慎だって言われちゃうかもしれないからやめようって思ったんですけど……。でも、ずっとずっと考えてたこと、言ってもいいですか？」

「もちろんいいよ。ひとりで悩まずに、話してくれ。いったい何だい？」

「ん……昔の話……寄宿舎にいた頃のことなんですけど」

「ああ」

意外な話題に驚きつつも、森は平静を装《よそお》って相槌《あいづち》を打った。

（ああ、そうか。さっき、俺が昔の話をしたから……）

おそらく、森の秘密を半ば無理やり訊《き》き出《だ》したことを気にして、自分の過去にまつわる打ち明け話をするつもりなのだろう。そう察して、森は忍び寄ってきた睡魔を遠ざける。

敏生はようやく聞き取れるくらいの小さな声で続けた。

「僕が中学生になったばかりの頃、高等部の上級生に呼び出されたことがあるんです。消灯時間が過ぎたら、バスケ部の部室に来いって。学校の掃除のときの班長さんで、わりと優しくしてくれる人だったんですけど」

「呼び出しを？　どうしてまた」

「僕、昔からチビだから、体育の授業でバスケのシュートが上手《うま》くできなくて。同じチームになったクラスメートから、お前がいると勝てないとか言われたんです。凄《すご》くへこんでたら、その先輩が、掃除のときに『どうした？』って訊《き》いてくれて」

「……うん」

何となく嫌な予感を覚えつつ、森は先を促す。

「事情を話したら、先輩は、何だそんなことかって可笑《おか》しそうに笑ったんです。『俺がバスケ部なの知ってるだろ？　教えてやるよ』って言ってくれて、凄《すご》く嬉《うれ》しかった。どうせならクラスメートをビックリさせてやれ、こっそり特訓しようって。だから、秘密練習なんだから消灯後にやろう、誰にも見つからないように来いよ、って言われても、ちっとも不審に思わなかったんです」

「…………」

「それで……その夜、真夜中にこっそり起き出して、パジャマにジャンパー羽織って部室棟まで走っていったんです。馬鹿みたいにワクワクして。……だけど、先輩がいるはずの部室は暗くて……恐々《こわごわ》扉を開けたら、突然部屋の中に引きずり込まれて、口の中にタオル突っ込まれて、床に押し倒されて……。暗がりの中に、五人くらい上級生がいるのがぼんやり見えて……みんなニヤニヤ笑ってて」

「まさか、君……」

森の背中が強張《こわば》る。その広い背中に両手を当てて、敏生は小さくかぶりを振った。

「あっという間に五人がかりで押さえつけられて、よってたかってパジャマを脱がされました。悲鳴をあげたくても、口にタオルがぎっしり詰まってて、息だってろくにできなくて……。もうダメだって思ったとき、ヒロ君が部室に飛び込んできたんです」

「一瀬《いちのせ》君が……。そうか、君が出ていったのに気がついたんだな」

敏生の当時の親友の名を聞き、森の背中から力が抜ける。敏生は、小さく頷《うなず》いて話を続けた。

「ええ。僕が部屋を出たときの扉の音で目を覚まして、後をつけてきたらしいんです。先輩たちとたったひとりで喧嘩《けんか》して、ヒロ君傷だらけになったんですけど、それでも僕の手を引いて、寄宿舎まで逃げて帰ってくれました。ビックリして怖くて、わんわん泣くばかりの僕を一晩じゅう宥《なだ》めてくれて……。それからは僕も注意するようになったし、先輩たちも先生に告げ口されるのを恐れて、そういうことはもうなくなりましたけど」

敏生が話し終わってもしばらく沈黙していた森は、やがて静かに嘆息した。そして、やや硬い声音でまた訊《たず》ねた。

「それで？　何故《なぜ》そんな昔の話を、今になって俺に聞かせるんだ？」

「不愉快な思いをさせてしまったんだったら、ごめんなさい」

「そういうわけじゃないが……君にとっても思い出したいことではないだろうに」

敏生はすまなそうに、しかし思いきった様子でこう言った。

「だから、その……僕は何も知らないわけじゃないって……そう言いたかったんです」

「……何も？」

「天本さんは、もしかしたら僕が本当に何も知らない子供だと思ってるんじゃないですか？」

「敏生……」

敏生は、真っ赤に火照《ほて》った顔を隠すように森の背中に鼻を押しつけ、消え入りそうな声で続けた。

「確かに僕は昔から他の子より成長が遅くて、それが母さんの精霊《せいれい》の血のせいなら、本当の年齢よりまだ子供なんだと思います。我ながら、ガキっぽいよなって思うし。だけど……うぅん、それを知ってる天本さんだから、凄《すご》く我慢してくれてるんじゃないかって、ずっと気になってて」

「それは……」

意外な話の展開に、さすがの森も戸惑いを隠せない。敏生は急《せ》き込《こ》むような口調で続けた。

「だって、天本さん、僕のこと好きだって言ってくれるじゃないですか。キスだってしてくれるし……。あんなキス、恋人じゃなきゃ……しない、ですよね？」

「……ああ」

森は低く答える。

「だったら！　僕……ええと、その、男ばっかりの寄宿舎にいたから嫌でもいろいろ見たり聞いたりするし、自分自身に経験はないけど、男同士でもそういうことがあるって頭では知ってます。さっき言ったようなこともあったし。だから天本さんが……」

「敏生、頼むからそっちを向かせてくれ。こんな話を、これ以上君の顔を見ずに聞けるものか」

「でも」

「いいから！」

森は半ば強引に寝返りを打った。ささやかな月明かりにも、敏生の顔がただごとでないくらい上気しているのがわかる。敏生は森の顔を一瞬見たものの、いたたまれない様子で目を伏せてしまった。そんな敏生の細い顎《あご》に手を掛けて半ば無理やり顔を上げさせ、森は静かに問いかけた。

「それで？　俺が、何だって？」

敏生は顎を押し上げる森の手にそっと触れ、小声で囁《ささや》いた。

「だから、天本さんは……ずっと僕にキスまでしかしないじゃないですか。そりゃ、天本さんにギュッてしてもらうのもキスしてもらうのも凄《すご》く嬉《うれ》しいし……大好きだけど。でも僕、そこから先があるってちゃんと知ってます。そりゃ、したことないからどんな感じかはわかんないですけど、……でも、あの、その、天本さんだったら……きっと嫌じゃないです。ううん、絶対嫌じゃない。きっと嬉しい」

羞恥《しゅうち》に耐えられなくなったのだろう、敏生は森に抱きついて、その胸に顔を埋《うず》めてしまう。くぐもった声で、敏生はこう付け足した。

「天本さんは僕のこと好きだって言ってくれるし……もし僕のために物凄く我慢してくれてるんだったら、そんな我慢はしなくてもいいって言おうとずっと思ってて。でも、もしかしたらそこまでするほど僕のこと好きじゃないのかな、それだったらいきなりそんなこと言ったら凄《すご》くカッコ悪いし恥ずかしいな、とかいろいろ悩んじゃって。ご、ごめんなさい、凄く変なこと言ってますね、僕」

しばらく呆気《あっけ》に取られていた森は、やがて何ともいえない複雑な微笑をその薄い唇に浮かべた。そして、やみくもに自分に抱きついてくる敏生の柔らかな髪を優しく撫《な》でた。

「そうだな。君ときちんとそういう話をしたことがなかったな」

静かな声音に、敏生はゆっくりと顔を上げる。不安げに見つめてくる鳶色《とびいろ》の澄んだ瞳《ひとみ》に映る自分の顔を見ながら、森は言った。

「正直に言うなら、最初の頃は君がまだ子供だからと自分に言い聞かせてきた。君が俺を好きだと言ってくれても、それは子供が一時期抱《いだ》く、年上の人間に対する慕情のようなものだと。父親不在で育ってきた君だ。俺に父親のイメージを重ねて、それまでの寂しさを埋めようとしているにすぎないと」

「そんな……！」

反論しようとする敏生の唇を、森は人差し指でそっと押さえて黙らせた。

「あの頃はまだ霞波《かなみ》のことが心に引っかかっていて、そんなふうに考えることで、俺は自分を誤魔化《ごまか》していたんだ。これは恋なんかじゃない。君は俺を保護者として慕っているだけだ、俺はそんな君にほだされているだけだ……そんなふうにね。つくづく姑息《こそく》な男さ、俺は」

「天本さん……」

「だが、今は違う。俺は君を愛していることをちゃんと自覚している。君は俺にとって、誰よりも大切で、誰よりも愛《いと》しい存在だ。この先ずっと一緒に歩いていきたい……ただひとりの伴侶《はんりょ》だと思っている」

森は真摯《しんし》な表情でそう言い、今にも泣きそうな顔で自分を見ている敏生の髪をさらりと撫《な》でた。羽毛のように柔らかな髪は、体温を孕《はら》んで温かく森の指先を包む。

「君の気持ちも知っているよ。……父親代わりではなく、恋人として俺を想《おも》ってくれていると……ちゃんと理解している」

「だったら！」

「君を必要以上に清らかなものとして神聖視しているわけじゃない。それに、俺も男だ。君を抱きたい気持ちはいつだってあるよ。たとえば、今だってね」

それならば、と敏生が口を開くより前に、森は敏生を緩く抱き寄せた。敏生の温かな頬《ほお》に自分の冷たい頬を触れ合わせ、森は穏やかに言った。

「だが……もう少し待ってくれないか。俺にはまだ、君を本当の意味で自分のものにする資格がない」

「資格って……」

森の温かな胸に包まれ、だが敏生は鼻先を掠《かす》めるコロンの匂《にお》いに、ふと不安を覚えて問いかけた。

「もしかして、それって天本さんのお父さんの……トマスさんのことですか？」

森は、深い溜《た》め息《いき》でそれを肯定した。敏生は、朝靄《あさもや》のようなコロンの香りを嗅《か》ぎながら、探るような口調で言う。

「それって……天本さんのお母さんが、亡《な》くなる前に天本さんに伝えた記憶に関係あるんですか？」

「ああ。上手《うま》く説明できないんだが、俺は……俺の出生前後に起こったことについて、どうしても父に問いただしてハッキリさせたい。母が俺に伝えたのは、あまりにもおぞましい記憶だった。俺は……真実を父の口から聞かなくてはならないんだ」

「……それは、とても怖いことなんですよね？」

「ああ。だが、いつまで怖がって逃げ回っていても仕方がない。まして、父が俺ばかりか君に危害を加えようとした事実がある。もう、現状のままで父を放置しておくことはできないよ」

その言葉を聞いた途端、敏生の身体《からだ》が小さく震える。未《いま》だに、トマスが首筋に押しつけたナイフの冷たさと肌を切られる痛みが、鮮明に記憶に残っているのだ。

森の心情を慮《おもんぱか》って、敏生はそのことをまったく口に出さず、すっかり忘れてしまったように振る舞っていた。だが、軽傷とはいえ、恋人の父親に刃物を向けられたという驚きと恐怖は、決して忘れられるものではない。

「ご……ごめんなさい。僕、平気ですから」

「平気なはずがないだろう。酷《ひど》い目に遭わせて、すまなかった」

森の手が、宥《なだ》めるように敏生の背中を撫《な》でる。敏生は、森の胸に顔を埋《うず》めたまま、もぞもぞとかぶりを振った。

「天本さんが謝るようなことじゃないです。僕だって油断してたんだし。……今でも僕、天本さんがお父さんと和解できる日が来たらいいなって思ってます。だけど……それがとっても難しいことも、あのときわかりました」

敏生の素直な言葉に、森は低い声で言った。

「確かに、和解はないだろうな。……だが、少なくとも父を乗り越えないことには、俺は本当の意味で俺自身になれない。そんな気がするんだ。今の俺は、魂の一部を父に奪われたままなんだよ、敏生」

「魂の一部を……？」

「ああ。父は、何か恐ろしいことを企《たくら》んでいるようだ。そして、それに俺たちを利用するつもりでいる。父からすべてを訊《き》き出《だ》し……そしてあの人の企みを阻止して初めて、俺は本当の俺になれる。そのときこそ……俺は」

俺は、君を抱く。

そんな想《おも》いを込めて、森は敏生の華奢《きゃしゃ》な身体《からだ》を抱き締めた。答える代わりに、敏生は森の広い背中を力いっぱい抱き締め返す。神聖な誓いを交わすように、二人はそのまましばらく無言で互いの温《ぬく》もりを感じていた。

やがて森は腕の力を緩めると、敏生の顔を至近距離でじっと覗《のぞ》き込《こ》んだ。すっかり闇《やみ》に慣れた敏生の瞳《ひとみ》に、限りなく優しい、そしてどこか照れ臭そうな森の笑顔が映る。

陶磁器のように白く滑らかな、無駄な肉のない削《そ》げた頰《ほお》に、敏生はそっと触れた。森は、その手に自分の大きな手を重ね、ちょっとおどけた口調でこう言った。

「だが、もたもたしていると、君にもう待ちきれないと愛想《あいそ》を尽かされてしまうかもしれないな」

「……もう、天本さんってば。真面目《まじめ》な話の埋め合わせにそんな冗談言わなくてもいいです。せっかく天本さんの気持ちを聞けて安心したのに」

敏生はクスクス笑って、森の胸を軽く叩《たた》く。そんな敏生に、森は軽いキスを贈った。敏生はちょっと心配そうに訊《たず》ねる。

「でも……」

「どうした？」

「だったら天本さん、僕がこんなふうに隣で寝てたら……その……えっと、つらい……ですか？」

それが自分の「我慢」のことだと気づいて、森は小さく噴き出した。

「まあ……時にはな。だが、そんなふうに勘ぐって、君に距離を置かれるほうがつらい。実際、今夜みたいに神経が尖《とが》る夜には、君は最高の安眠毛布だよ」

「本当に？」

「ああ。今夜もきっと眠れないか、眠れたとしても酷《ひど》い夢を見るだろうと思っていた。だが君がこうしてそばにいてくれれば、ぐっすり眠れそうだ」

「本当に？　よかった」

敏生の顔が、ぱっとほころぶ。森には敏生の笑顔が、まるで闇《やみ》に咲いた小さな花のように思えた。

敏生は、自分からも森にキスを返して、囁《ささや》き声《ごえ》で言った。

「じゃあ、もう眠ってください。僕、査問会ってどんなものか想像できないけど、きっと大変なんですよね」

「たぶんな。『組織』を実際に運営している連中にあれこれと腹を探られるんだ。胃の痛い神経戦になるだろう」

「それって……三日連続で宿題忘れて、授業中にみんなの前で先生に凄《すご》く怒られるよりつらいですよね？」

「……たぶん、その百倍くらいはな」

敏生は、眉《まゆ》を八の字にした。どうやら、それが彼の経験上、もっともつらいつるし上げ経験だったらしい。

「だったらいっぱい寝ておかないと！」

「ああ、そうだな。今度こそ、君も眠れそうかい？」

「天本さんとこうしてると、凄《すご》く暖かいから。嫌でも眠くなってきます」

「……安心もしたし、か？」

「ええ。……ホントに、こんなときに、それも夜中に変な話をしてしまってごめんなさい。急に、今夜話しておかないと！　っていう気になって」

「おいおい、たかだか数日留守にするだけだぞ？　とはいえ、先月の記憶が君には鮮烈だったのかもな」

「かもしれません。帰ってきたら天本さんがいなくて、僕、泣きべそかきましたからね」

「あのときは、心配をかけてすまなかったよ」

「もういいんですったら。ね、天本さん。明日はアトリエがお休みなんです。龍村先生が早川さんのお見舞いに行きたいっていうから、おつきあいしようと思うんですけど。そのくらいの外出はいいですか？」

「ああ、もちろんいいとも。ただ、出掛けるときは、留守電に切り替えるのを忘れるなよ」

「わかりました。天本さんは家のことを心配せずに、思いきり頑張ってきてくださいね。……ふわわ」

敏生は小さな欠伸《あくび》をして、ややトロンとした目で森を見た。

「じゃあ、おやすみなさい、天本さん。ぐっすり眠って……できたらいい夢見てください」

「君もな。おやすみ、敏生」

二人はどちらからともなくもう一度キスを交わし、それぞれの枕《まくら》に頭を預けて横たわった。布団《ふとん》の中で、敏生が森の手を探り当てる。そっと握り合った敏生の手から心を落ち着かせるような優しい波動が伝わってくるのを感じながら、森は静かに眠りに落ちていった……。

翌朝、森は小一郎の入った羊人形を伴い、ボストンバッグを提げて出ていった。

「今回は、小一郎を君のもとに残していけない。……妖《あやか》しだけでなく、泥棒にも十分に気をつけてな。戸締まりはきちんとしろよ」

森は靴を履きながら、いかにも心配そうにそう言った。

「僕は大丈夫ですよう。龍村先生だっていてくださるんだし。天本さんこそ、身体《からだ》に気をつけて頑張ってきてくださいね。ちゃんと、ご飯も食べて、夜はよく寝て」

敏生は努めて明るい口調でそう言った。森は靴を履き終え、立ち上がって敏生の頬《ほお》に触れた。昨夜ずっと手を繋《つな》ぎ合《あ》って眠ったせいか、森の手がいつもよりずっと温かく感じられる。

「では、行ってくる。よほど緊急の用でなければ、連絡しなくていいからな」

「どうしてですか？」

「査問会の会場は、おそらく『組織』の誰かの手が隅々まで回った場所だ。どこで誰に聞かれているかわからないからさ。隠すようなことでもないが、わざわざ『組織』の連中に盗み聞きさせてやるのも本意じゃない。……そんな心配そうな顔をするな。適当に、こちらから連絡するよ。きっと夜になったら、君と他愛《たわい》ない話をして緊張をほぐしたい気分になっているから」

「……はい。じゃあ、待ってます」

敏生は笑顔で頷《うなず》く。玄関の段差のおかげで、二人の身長差が上手《うま》い具合に打ち消されている。敏生は楽々と森の首に腕を回し、温かな抱擁と小さなキスで森を送り出した。

「……天本さんも小一郎もいないと、家の中がガランとするなあ……。それにしても、龍村先生、今朝はお寝坊……あ」

居間に戻った敏生は、そこで大きな伸びをしているジャージ姿の龍村を見て、目を見張った。

「おはようございます、龍村先生。よくおやすみでしたね」

龍村は、微妙に寝癖がついて全体的に斜めに傾《かし》いだ短い髪を片手で撫《な》でつけ、大欠伸《おおあくび》をした。

「うう、おはよう、琴平君。ここしばらく、ちと激務だったからな。この家に来ると、安心して寝坊しちまう……と、安心してる場合じゃなかったか、すまん」

「いいんですよ。家《うち》に来たときくらい、ゆっくりしてください。コーヒー淹《い》れてありますから、どうぞ。今、パン焼きますね」

敏生に続いて台所に入ってきた龍村は、自分でマグカップにコーヒーを注《つ》ぎ、ブラックのままで一口啜《すす》ってみた。森の眠気覚ましを主目的に淹れられたコーヒーは、エスプレッソ並みに濃い。顔を顰《しか》めて冷蔵庫から希釈用の牛乳を取り出した龍村を見て、敏生はクスリと笑った。

「ごめんなさい。天本さん用だから、濃すぎますよね。ああ、そういえば、天本さんはついさっき出掛けたばかりなんですよ」

「知ってるよ。目は覚めていたんだが、見送りは自主的に辞退した」

「ええ？　どうしてですか？」

怪訝《けげん》そうな敏生に、龍村は片目をつぶって答えた。

「せっかくラブラブでお見送りだっていうのに、僕がいちゃ台無しだろう。馬どころか、天本に蹴《け》られそうだからな」

「……もう、龍村先生ってば。そんなことないですよう。はい、トースト焼けましたよ」

敏生はほんのり顔を赤らめて、きつね色に焼けたトーストを皿に載せ、龍村に差し出す。龍村は、それにこれでもかというくらいマーガリンを塗りつけ、居間へと運んだ。朝の光をたっぷり浴びられるソファーで、ばりばりとトーストを齧《かじ》る。

敏生も、ミルクをなみなみと注《つ》いだマグカップを持って、そんな龍村の隣に座った。

「しかし、『組織』ってのも大仰な職場だな。……僕が査問会なんて言葉を聞くのは、人生二度目だよ。一度目は、天本が……霞波さんを亡《な》くしたときだった」

龍村の声が低くなる。敏生は、ちょっと悲しげに目を伏せた。

「あのときは、早川さんが天本さんのこと、一生懸命庇《かば》ってくれたんですよね。龍村先生も……天本さんを死なせまいと、必死で頑張ってくださったんですよね」

龍村は、そんな敏生の柔らかな髪を、グローブのような肉厚の手でガシガシと乱暴に撫《な》でた。

「そうだな。今にして思えば、僕と早川さんのあの大奮闘は、天本を君に引き渡すまで生き延びさせるためのものだったのかもな。そう考えれば、苦労が報われて余りある」

「龍村先生……」

敏生はほんのり目元を染めて、龍村の四角い顔を見上げる。龍村は、敏生を元気づけるように、声のトーンを上げて言った。

「天本が連れていったのは小一郎だが、君の心だってあいつと一緒に、早川さんのために頑張ってるんだろ？　そんな元気のない顔してちゃいかんぞ」

敏生も、こくりと深く頷《うなず》く。

「そうですよね。せっかく留守を任せてもらったんだから、僕も頑張らなきゃ。河合さんから、また連絡があるかもしれませんしね」

「ああ、そうだ。それに今日は、早川さんの見舞いに連れていってくれるんだろう？」

「あ、そうか。いつ行きます？　僕はいつでもいいですよ」

「ううむ。あまり朝から押しかけても、処置の邪魔だろうしな。どこかで昼飯を食って……ああいや、昼も夜も外で食ったら、留守番をサボりすぎか。どうせなら見舞い帰りにどこかで旨《うま》い晩飯を食って帰ることにして、昼飯は冷凍庫を漁《あさ》るとしようか」

「そうですね」

敏生はにこっと笑って、電話を指さした。

「じゃあ、龍村先生は、居間でくつろぎながら、テレビでも見て電話番をしててください」

「君は？」

敏生は、両手を腰に当て、張り切ってこう言った。

「僕は掃除です。天本さんが帰ってきたとき、あんまり家の中が散らかっててガックリしたらいけないから。それに……自分の部屋も片づけます。掃除機もかけられやしないって天本さんがいつも怒るから」

パタパタと階段を駆け上がっていく足音を聞きながら、龍村はローテーブルの上の齧《かじ》り掛《か》けのトーストを見下ろし、独り言を漏らした。

「……ったく。ご老体も罪な人だ。いったいどこへ雲隠れして、何をしとるんだか。可哀《かわい》相《そう》に、何かしてなきゃ落ち着かなくて、琴平君がバタバタしてる」

トーストの残りを口に押し込み、敏生の置いていった牛乳で飲み下して、龍村は大きな大きな溜《た》め息《いき》をついた。

具体的に何もしなくても、こうして自分がここにいることが森と敏生にとっては実際的にも精神的にもいちばん大きな助けになるのだと、頭ではわかっている。自分が鷹揚《おうよう》に構えていないと、敏生を不安にさせてしまうこともよくよく心得ている。

だが、肝の据わった龍村も、さすがに今の状況を知ったうえで本当に「くつろぐ」ことなどできはしない。

「どうにも参ったたな。……せめてご老体が、いつものようにひょっこりあの呑気面《のんきづら》を見せてくれるといいんだが。ま、さしあたっては、琴平君の掃除が簡単に終わってしまわないように、せめてこの部屋をせっせと散らかすとするか」

食べ終わった後の食器を放置する体《てい》のいい言い訳を口にして、龍村はただ待ち続けることのつらさを早くも感じつつ、両腕を思いきり伸ばして深呼吸したのだった……。

四章　君は君のままで

迎えの車は、ただひたすら走り続けた。

セダンタイプの乗用車に乗り合わせているのは運転手ひとりだけで、森《しん》は後部座席にゆったり腰掛け、窓の外を眺めていた。

運転手は、気の弱そうな中年男だった。無論、これまで顔を合わせたことはない人物である。時折、チラチラとバックミラー越しに森の様子を確かめるが、森が視線を合わせると、瞬時に顔を背けた。「組織」の人間でも式神《しきがみ》でもないようだったが、おそらく「余計な話をしないように」と言い含められているのだろう。決して森に話しかけてはこなかった。

車が高速道路に入り、都心を抜けて神奈川《かながわ》県の方向へ向かっているのを確かめ、森は運転手に声をかけてみた。

「目的地は横浜《よこはま》あたりですか？」

「…………」

「それとももっと遠くへ?」

「………」

ハンドルを握る運転手は、落ち着かない様子で貧弱な肩を揺すり、そして早口で囁《ささや》くように「勘弁してください」と言った。

「目的地も教えられないんですか」

あまりに怯《おび》えた様子に、森が少々絡《から》んでみたい気分になって低い声でそう問うと、運転手は小さく頷《うなず》いてラジオのスイッチを入れた。朝からテンションの高い男性アナウンサーの声が、車内に響き渡る。どうあっても、会話は断固拒否するつもりのようだ。

あまりプレッシャーを与えて事故を起こされてはことだと、森はおとなしく引き下がり、再び座席に深々ともたれた。きちんと着こんだスーツの、ネクタイだけをほんの少し指先で緩める。

(……退屈だな)

ラジオでは、アナウンサーと女性アシスタントが、芸能人のゴシップで盛り上がっている。だが、森にとってはまったく興味が持てない話題だった。仕方なく森は、ジャケットのポケットから小さな羊人形を取り出し、膝《ひざ》の上に載せた。声を出さず、頭の中で忠実な式神《しきがみ》に呼びかける。

(小一郎《こいちろう》)

——は。お呼びでござりまするか。

羊人形は、後ろ足を投げ出し、前足をきちんと身体《からだ》の前に揃《そろ》えて、森の膝《ひざ》の上に座っている。その愛らしい姿と、そこに宿った式神《しきがみ》のしゃちほこばった言葉遣いのギャップが今さらながらに可笑《おか》しくて、森は固く引き結んでいた唇を綻《ほころ》ばせた。

(どこへ連れていかれるかはまだわからないが、到着すればすぐに、お前を「組織」に預けることになるだろう)

——心得ておりまする。この人形の中でまことの羊の如《ごと》くにおとなしゅうしておりますゆえ。

式神は、羊人形に入ったままで恭《うやうや》しく頭を下げた……と、身体のわりに大きすぎる頭が災いして、そのままこてんと前のめりに倒れてしまう。森は苦笑いで、羊人形の身体を起き直らせてやった。

(もとより、「組織」と喧嘩《けんか》をするつもりも、偽証をするつもりもない。お前には、おそらく結界の中で少々窮屈な思いをさせてしまうと思うが、俺を信じて我慢してくれ)

ぽむぽむ!

羊人形は、右の前足で自分の胴体……腹のあたりを叩《たた》いてみせた。本人は胸を叩いているつもりなのだろうが。

——小一郎のことは、どうぞお気になさりませぬよう。主殿《あるじどの》の命《めい》であれば、たとえ煮えたぎった湯の中で二日間待てと言われようとも、この小一郎、臆《おく》するものではありませぬ。

（わかっているさ。それでも、俺と敏生《としき》の両方を案じつつ、無為に時を過ごすのはずいぶんと苛《いら》つくものだろう。……それにしても、どこまで連れていかれるものやら。べつに近場でも、自宅に逃げ帰ったりはしないのにな）

──「組織」とはまこと大仰なものでござりまするな。

（まったくだ。……まあ、まだ先は長いかもしれん。今のうちにゆっくりしておけ）

──は。

主《あるじ》の膝《ひざ》にねぐらである羊人形を載せられ、ゆっくりしろと言われても、式神《しきがみ》としては戸惑うばかりである。それに気づき、森は自分の隣に羊人形を置いてやる。人形はふにゃふにゃと動いて一人前にバックシートにもたれ、後ろ足をまっすぐ投げ出して座り込んだ。

運転手は、突然可憐《かれん》な羊人形を取り出して人形遊びを始めた森の様子をミラーで確認し、何とも複雑な表情をしている。羊人形が動いているのも、森が糸でも操って動かしているのだと思っていることだろう。

少し気恥ずかしくはあったが、話し相手は小一郎しかいないのだ。森は運転手を無視して、どこか得意げに座っている羊人形を見下ろした。

（小一郎。昨日……河合《かわい》さんから電話があった。お前も聞いていたか？）

——は。恐れながら。

(どう思った?)

ストレートに問われ、小一郎も正直に答えた。

——わかりませぬ。あの御仁は、昔からようわからぬお人であらせられました。そもそも小一郎には、人間の言葉の裏を読むようなことはできませぬ。ただ……主殿《あるじどの》が心底あの御仁を慕《しと》うておられますゆえ、この小一郎も、誠意を尽くそうと努めてまいりました。

(そうだな。お前はいつだってまっすぐだものな。……確かに河合さんはいつも気まぐれですっとぼけた人だ。あの人の心の中は、俺にだって読めないさ。だが……あの電話は、いつもと少し違っていた。まるで遺言のようで、そのくせどこか急いでいるようにも感じた)

——急いで……? ではやはり、河合どのは何者かに捕らえられ、隙《すき》を見て主殿に電話してこられたと?

(ああ。そんな気がしてならない。敏生には、割り切って早川《はやかわ》のことに専念すると言ったが、やはり河合さんのことが心配だな)

——主殿……。

(わかっている。二兎《にと》を追う者は一兎をも得ず、だろう。とにかく、早川の身の安全を確保するところから片づけていくさ)

——……されど、主殿《あるじどの》。河合どのは……。

小一郎は、躊躇《ためら》いながら言った。森は申し訳なさそうに両の前足で頭を抱えている羊人形に、眉根《まゆね》を寄せた。

(何だ?)

——根拠はありませぬ。ですが……あの電話のお声を聞く限り、河合どのは嘘《うそ》を言うておられたようには思われませせなんだ。

(……それは、本当に河合さんは怪我《けが》をしていないし、監禁されてもいないし、それなのに自分が今どこにいるのか皆目わからないということか?)

——それがどのように奇矯に思われましても、事実なのではないかと小一郎は思いまする。あのお方は、いい加減に生きているように見えて、これまで一度も嘘を言われたことはありませぬゆえ。

(そうだな。隠し事はしても、嘘は言わない。それが河合さんという人だ。……だとすれば、本当に俺たちに自分を捜すなと……自分のことを忘れてほしいと思っているということなんだろうか)

——……小一郎には、人間の心は複雑すぎて、ようわかりませぬ。お許しくださいませ、出すぎたことを申しました。

森は口の端《は》だけで笑い、頭を覆う羊人形の柔らかな前足を指先でつまんで下ろさせた。

(謝ることはない。お前の言葉にも一理ある。……ただ、河合さんは俺や敏生の気性をよく知っているはずだ。捜すなと言われてわかりましたと納得するわけがないことくらい、わかっているだろうにな。……それでも、そう伝えずにはいられなかったということか)

わからないな、と小声で呟《つぶや》き、森は腕組みして目を閉じた。

(今は考えても仕方がない。河合さんが次に連絡してくるまで、あの人の足取りを摑《つか》む手だてはなさそうだ。……少し休む。お前も、せいぜい今のうちに手足を伸ばしておけよ)

——はっ。ごゆるりとお休みください。小一郎がしかと御守りいたしますゆえ。

頼もしい言葉に薄目を開けて傍《かたわ》らを見ると、愛らしい羊人形が胸を張り、森の真似《まね》をして無理やり短い前足で腕組みしている。本人はいたって大真面目《おおまじめ》なのだろうが、可愛《かわい》らしいとしか言いようのない姿である。

森は、きりきりと張り詰めるような緊張の糸がわずかに緩むのを感じた。

(あるいは長丁場になるかもしれないからな。どこへ連れていかれるのか知らないが、眠れるときに眠っておくか)

森は心地よい車の振動に身を任せ、再び目を閉じた。

それから一時間ほど走り続けて、森を乗せた車は、ようやく大きなホテルのエントランスで停《と》まった。ベルボーイがすぐにやってきて、恭《うやうや》しく自動車の扉を開けてくれる。降《お》り際《ぎわ》、森は運転手に礼を言ったが、彼は前を向いたまま、もそりと頭を下げただけだった。

「箱根《はこね》とはな。こんなところまで連れてこられるとは思わなかった」

それは、箱根芦ノ湖畔《あしのこはん》に建つリゾートホテルだった。もっと鄙《ひな》びた宿か、あるいは「組織」の誰かが管理する都心の建物にでも連れていかれると予測していた森は、さすがに少々面食らってしまった。

平日だけに、ホテルのロビーには人が少ない。フロントで名前を告げると、すぐに部屋に案内された。

荷物を運んできたベルボーイは、去り際、森に一通の白い封筒を手渡した。

「こちらをお預かりしております。どうぞ」

「ああ、ありがとう」

森はそれを受け取り、ベッドに腰掛けて封を切った。

中には、白い紙にワードプロセッサーで打ち出された愛想《あいそ》も素っ気もない文章が書かれていた。

午後一時三十分、ホテル本館二階中会議室において査問会が開かれるので出席のこと。

ただ一行のメッセージを読んでしまうと、森は紙を丸めてゴミ箱に放《ほう》り込《こ》んだ。時間はあと三十分ほどある。

森は荷物を開き、服をクローゼットに吊《つ》るすと、顔を洗って部屋を出た。客室に備え付けの電話でも携帯電話でもなく、フロント前の公衆電話から自宅に電話する。

電話に出たのは、龍村《たつむら》だった。どうやら、昼寝しながら電話番としゃれこんでいたらしい。龍村は少し眠そうな声を出していた。

森は龍村に居場所を知らせ、様子を訊《たず》ねた。龍村は、少し声を潜めてこう言った。

『ああ、こっちは心配ない。夕方に、早川さんの見舞いに行こうと思ってな。ほら、ひとりで食う飯は味気ないだろう。琴平《ことひら》君と相談して、早川さんが晩飯を食う時間くらいまで一緒にいて、それからこっちも夕飯をどこかで食って帰ることにした』

「敏生は？」

『今、庭で落ち葉を掃いてる。焚《た》き火《び》をして焼き芋を食べようとか言ってたが』

「……ああ」

河合との思い出話を聞かせたせいで、焚き火で焼き芋作りがやってみたくなったのだろう。そのあまりにもわかりやすい行動に、森は小さく噴き出した。

『何だ？』

「いや、何でもない。せいぜいつきあってやってくれ」

『ああ。……琴平君、お前が出ていってからずっとバタバタ動き回ってるぜ。いろいろ心配が多すぎて、じっとしてられないんだろうな』

「そうか。しかしあんたがいてくれて助かったよ。ありがとう、龍村さん」

『そう思うなら、箱根土産《みやげ》に黒いゆで卵でも買ってきてくれよ。お前も、せっかく箱根まで連れていかれたんだから、温泉くらい入ってゆっくりしろ』

「……その気力があればな。ああ、そろそろ時間だ。行くよ。敏生によろしく伝えておいてくれ」

『了解した。頑張ってこいよ』

龍村の快活な声を聞いてから、森は受話器を置いた。深呼吸を一つして、踵《きびす》を返す。

「……さて、行くか」

自分自身に活を入れて、森は会議室へ続く、赤い絨《じゅう》毯《たん》を敷き詰めた回廊へと踏み出した……。

会議室の観音開きの扉は閉ざされ、その前にダークスーツに黒いサングラスという何とも胡散臭《うさんくさ》い服装の男が二人立っていた。二人とも人間の気配がまったく感じられず、式神《しきがみ》であることはすぐに知れる。

森が扉の前に立つと、式神二人は同じタイミングで、身体《からだ》ごと森のほうを向いた。まるで狛犬《こまいぬ》である。

向かって右側の男が、平板な声で問うた。森が名を告げると、左側の男が右手を差し出した。

「お名前を」

「同行者をお預かりします」

右の男とまったく同じ、感情の欠片《かけら》もない声音だった。森は無言でジャケットのポケットから羊人形を出し、男の手のひらに置いた。顔の筋一つ動かさず、男は小一郎の入った人形を受け取って一歩退く。右側の男が、扉を大きく開け放った。片手で、森に中に入るよう促す。

（……行ってくる）

森は、小一郎に一言言い置いて、部屋の中に踏み込んだ。

森が、「組織」の幹部に直接接触するのは、実はこれが初めてのことだった。これまで「組織」からの指示は、常にエージェントの早川を通じて伝えられた。恋人を死に追いやってしまった大失態で森自身が「組織」に裁かれる立場に立ったときも、森自身は査問会に出られる状態ではなく、早川と河合だけが呼び出された。

「組織」の幹部とはいったいどんな人間たちなのか。自分たちを雇用し、統括しているのはどんな人物なのか。それがようやくわかると思うと、さすがの森の鼓動も速くなる。

だが、会議室の内部を見回した森は、異様なしつらえに眉《まゆ》を顰《ひそ》めた。部屋の中央には乳白色の不透明なスクリーンが張られ、床から天井に至るまで一ミリの隙間《すきま》もなく空間を二分している。衝立《ついたて》に向かって椅子《いす》が二脚、距離をあけて並べられていた。

「……これは……」

衝立の向こうはハッキリ見えないが、同じように椅子が並べられているらしい影がぼんやり見える。向こう側には、椅子が三脚並べられているようだった。

森はスクリーンに近づき、それに触れてみようとした。だが、スクリーンに指先が触れたその瞬間、バチッと小さな火花が飛び、森は顔を顰《しか》めて手を引っ込めた。どうやら、スクリーンにぴたりと沿うように結界が張られているようだった。どうあっても、スクリーンの向こう側をこちらからは覗《のぞ》けないように細工されている。

（なるほど。あくまでも術者には、「組織」幹部の顔は見せないつもりなんだな。やたら秘密めいた団体だと思っていたが、ここまでとは）

これから数時間、ずっとスクリーンを挟み、誰ともわからぬ人間たちと話をするのかと思うと、森は気が滅入《めい》るのを感じた。

（鬱陶《うっとう》しいな。……だが、こちらの椅子は二脚。ということは、招集されたのは俺だけではないということか。もうひとりは……誰だ？）

そのとき、いったんは閉ざされていた扉が、再び開いた。ハッと振り向くと、部屋に入ってくる男の姿があった。

スーツ姿の森と違い、男はセーターにチノパンというカジュアルな格好をしていた。まだ若く見える。緩いウエーブのかかった焦げ茶色の髪に縁取られた顔は、モデルのように冷たく整っていた。森ほどエキゾチックな顔立ちではないが、日本人としてはかなり彫りが深い。

森がそこにいることを想像していなかったらしい。男はほんの少し目を見開き、森をジロジロと観察した。白と黒のコントラストがやけにハッキリした切れ長の目は鋭く、その口から、何ともストレートな質問が発せられる。

「誰だ」

目の前の青年からどこか自分に似た空気を感じつつ、森は口を開いた。

「天本《あまもと》森。あんたは？」

「……天本森……？　どこかで聞いたような名だな」

青年は森の問いには答えず、絶妙の斜線を描く眉《まゆ》を顰《ひそ》めた。ほんの数秒考え、ああ、と小さく頷《うなず》く。

「思い出した。あの精霊《せいれい》の小わっぱの師匠か。無事に異界から戻ったとみえるな。名乗るついでに、礼くらい言ったらどうだ」

「……礼？」

眉根を寄せた森は、青年から漂ってくる「気」に気づいてハッとした。それは、人間の

ものではなく……どう考えても妖魔《ようま》のそれだったのだ。

(こいつ……人間じゃない。何者かの式《しき》か？　妖魔にしては邪気がなさすぎる。……そういえば、敏生が術者をしている不思議な妖魔に会ったと言っていたな。こいつがそうか)

そこまで思い至って、森は目の前の男に軽く頭を下げた。

「そういえば、俺の助手があんたに世話になったとか。一応、礼を言っておく」

男は皮肉っぽく唇を歪《ゆが》めて笑った。

「一応、か。まあいい。俺は司野《しの》という」

「司野？　名字が？」

「姓は辰巳《たつみ》だが、便宜上、亡《な》き主《あるじ》の姓を借りただけだ。いろいろあって、今は人間の戸籍を持っているものでな」

「ああ……なるほど」

森は、注意深く目の前の男を観察していて、ふと小一郎のことを思う。今は自由に羊人形を抜け出し、自分で様々な姿に変身できる小一郎だが、かつては羊人形の中に完全に封じられていた。それと同じように、司野の身体《からだ》は主から与えられた仮の器であり、彼の魂はその中に封じ込められているようだった。

「主は……あんたを解放することも道連れにすることもなく没したのか？」

その問いに、司野は肩を竦《すく》めることで答えに代えた。そしてこう言った。

「それにしても『組織』というのは胡散臭《うさんくさ》い団体のようだな。属することにしなくて正解だった」

「『組織』に属していない？　あんたも、俺と同じように早川が抱えている術者のひとりではないのか？」

　森が驚いて問うと、司野はいかにも心外そうな顰《しか》めっ面《つら》で答えた。

「馬鹿を言うな。俺は、亡《な》き主《あるじ》以外の誰の指図も受けん。経営している骨董屋《こっとうや》が暇なとき、たまに早川が持ち込んだ品物の処理を引き受けてやっていただけだ。それなのに今回、早川の『組織』外での仕事ぶりを訊《き》きたいとかで呼び出されて、迷惑千万としか言いようがない」

「そうだったのか……」

「奴《やつ》は、何やら失態を演じたそうだな。それに対する処分を決定するために、参考人として奴の仕事ぶりを語れと言われた。お前もそうなのか？」

「ああ。……おそらく」

「ふん。それならば、こんなところまで連れてこずとも、質問用紙でも送りつけてくればいいものを。非能率的だ」

「我々もまた同時に、『組織』に値踏みされることになるんだろう」

「ならばなおさら不愉快だ」

司野が忌々《いまいま》しげに吐き捨てたそのとき、二人が入ってきた会議室の入り口が、ガチャリと外から施錠《せじょう》される音が聞こえた。それに続いて、スクリーンの向こう側で微《かす》かに軋《きし》みながら扉が開く音が聞こえ、それからスクリーンの向こうに、黒っぽい人影が次々に入ってくるのがぼんやりと見えた。

どうやら、向こう側には三人いるらしい。それぞれが席に落ち着くと、小さな咳払《せきばら》いとともに、向かって右側から声が聞こえた。念の入ったことに、音声はマイクを通して加工してある。性別も年齢も推測できない甲高《かんだか》い歪《ゆが》んだ声だった。

『座りたまえ、二人とも。天本森。そして辰巳司野。遠方よりはるばるようこそ。我々「組織」幹部は、君たちを歓迎する』

森と司野はちらと視線を交わし合い、それぞれの椅子《いす》に腰を下ろす。すると今度は左側から声がした。こちらも奇妙に加工された声である。

『君たちに不快な思いをさせ、時間を無駄にさせるせめてもの償いに、この箱根の美しい環境を用意した。どうぞ、滞在中はゆるりとくつろいでくれたまえ』

「無駄口はいい。とっとと本題に入れ」

長い足を組んだ司野は、尊大な口調でそう言い放つ。すると正面から、愉快そうな笑い声が聞こえた。ボイスチェンジのせいで、妖怪《ようかい》のような不気味な笑い声である。

『これは失礼した。ではさっそく、査問会を始めよう。わたしは、「組織」最高幹部の……仮に「B」と呼んでもらおうか。両脇《りょうわき》にいるのは、私の補佐だ。名は……そうだな。わたしが「B」だから、君たちから向かって右が「A」、左が「C」ということにしようか』

　無礼だと非難しても意味はないと悟ったのか、司野はただつまらなさそうに鼻を鳴らしただけだった。森は、硬い表情できちんと座り続けている。早川のためにも、「組織」のやり方に文句を言って、相手に悪印象を与えることは避けたかったのだ。

　右側の人物……つまり「A」が、進行役となってこう言った。

『それではまず、今回問題となっているエージェント早川知足《ちたる》が引き起こした事件の経緯を説明する。天本森。君は既に知ることも多かろうが、まずはすべて聞いてもらいたい』

「了解しました。どうぞ」

　森は氷のように無感情な声でそう言った。

『当年二月十●日、我々は千葉《ちば》県在住の某氏より事件の依頼を受けた。さっそくエージェントを集めて「講」が開かれ、早川知足がその依頼を担当することとなった。そこで早川は依頼人宅へ赴き、依頼人より事情聴取を行い、依頼人所有の河鍋暁斎《かわなべきょうさい》作とされる掛け軸を借用した……』

「A」の歪《ゆが》んだ声が、時間軸に沿って滔々《とうとう》と事件の全容を語り始める。こうして、森にとっても司野にとっても初めての査問会が始まった……。

一方、敏生と龍村は、午後四時前に早川の入院先の病院を訪れた。

病室の扉をノックすると、本人の声で「どうぞ」と答《いら》えがあった。そこで二人は、揃《そろ》って病室に入った。

パジャマの肩にカーディガンを掛けた早川は、ベッドの上半身側を軽く起こしていた。どうやら新聞を読んでいたらしい。龍村と敏生の姿を認めると、ああ、と柔和な笑顔を見せた。自由になる右手で、先日敏生がガムテープで修繕してやった眼鏡《めがね》を押し上げる。

「こんにちは、早川さん。お加減如何《いかが》ですか?　今日は、龍村先生と一緒に来ました」

「ちょっと出張でね。天本家にお邪魔したら、怪我《けが》で入院中と聞いて、押しかけましたよ。迷惑でなければいいんですが」

「これはこれは。どうぞ。何もないところですが、お掛けになってください」

早川はそう言って、二人に椅子《いす》を勧めた。まだ頭の包帯は痛々しいが、前回会ったときより顔色はかなりよくなっている。龍村と敏生は、揃って枕元《まくらもと》のソファーに腰掛けた。

「龍村様にまでお越しいただき、申し訳ありません」

いかにもすまなそうに詫《わ》びる早川に、龍村はニッと笑って両手を広げた。

「天本と琴平君が大袈裟《おおげさ》に言うので、もっと重体かと思いましたよ。想像より遥《はる》かにお元気そうでよかった」

「大袈裟じゃなくて、最初はホントに酷《ひど》かったんですよ。凄《すご》く心配したんですから。……でも、ずいぶん元気そうになってよかった」

敏生はそう言って、持っていた紙袋をサイドテーブルに置いた。

「これ、駅前で買ってきたおせんべいです。あんまりたくさん買っても、かえって邪魔だろうと思って。……いつも早川さんが持ってきてくださるお土産《みやげ》に比べたら、凄くお粗末ですけど」

「いえいえ。恐れ入ります。ところで……」

早川は、少し躊躇《ためら》いながら敏生に問いかけた。

「龍村様とお二人でおいでになったということは……天本様は……」

途端に、敏生の顔に淡い影が差す。だが、おそらく事実を隠したところで、遅かれ早かれ事情は早川にも伝わるだろう。あるいは、もうあらかた知っているのかもしれない。敏生は思いきって、正直に答えた。

「天本さんは今朝、『組織』の査問会に呼ばれて出掛けました」

早川は、それを聞いて軽く目を伏せた。いつもは柔和なその顔が、急に十歳ほども老《ふ》け込《こ》んでしまったように敏生には見える。

「やはり、そうでしたか。河合様の行方も知れず、さぞご心痛でしょうに。わたしのせいで大変なご迷惑をおかけしてしまいました」

「心痛は、早川さんもでしょう。掛け軸だってまだ全然見つからないんだし……あ」

つい、敢《あ》えて触れまいと思っていた話題を口に出してしまい、敏生はハッと硬直する。

龍村が、太い眉《まゆ》をハの字にして敏生をジロリと見た。

「ご、ごめんなさい。あの、僕たち一生懸命捜してますから。早川さんは、心配せずに養生してくださいね。ほんとに……あの……」

オドオドして謝る敏生に、早川は少し困った笑顔で「いいんですよ」と言った。

「お二人にご心配とご苦労をおかけしていることは事実です。琴平様にそのように謝られては、かえってわたしがいたたまれませんよ」

「……でも……」

「いや、本当に……。このたびはまことに申し訳ないことをしてしまいました」

「……うー……」

どうにも居心地が悪くなってしまった二人の様子に、見かねて龍村が口を出した。

「やれやれ、僕は早川さんの主治医じゃないが、とりあえず医者としては、入院患者に仕事の話と気の滅入《めい》る話はいただけないぜ、琴平君」

「ご、ごめんなさい龍村先生。そうですよね、せっかくお見舞いに来たんだし、もっと楽しい話をしましょう」

　敏生は声を励まし、笑顔になった。そして、龍村を見た。

「おせんべいは差し入れですけど、三人で一緒に食べようと思って買ってきたものもあるんです。ね、龍村先生」

　龍村は頷《うなず》き、紙袋から和菓子の箱と缶入り緑茶を三つ取り出した。それを見た早川も、顔をほころばせる。

「おや、これは駅前の和菓子屋さんですね」

「ええ、そうなんです。よく早川さんがお土産《みやげ》に買ってきてくださる店。美味《おい》しいから、今日は僕たちからお土産です。凄《すご》く美味しそうなお饅頭《まんじゆう》売ってたんですよ。あ、お茶、冷たいのでもいいですか？」

　さっきの埋め合わせをするように、敏生は賑《にぎ》やかに喋《しやべ》りながら、菓子屋がおまけにつけてくれた懐紙に饅頭を一つずつ載せてそれぞれに配った。

　病室の中はぽかぽかと暖かく、どことなくのどかな雰囲気が漂っている。とても、今別の場所で、早川を裁くための査問会が開かれているとは思えなかった。「組織」の式神《しきがみ》も、いつも早川を監視しているわけではないらしい。

「うん、旨《うま》い饅頭だ」

「織部《おりべ》饅頭でございますね。お茶事では蒸し立てのあつあつが供されて、それもまた美味しゅうございますよ」

　龍村と早川は、和やかに話しながら、小さな饅頭《まんじゆう》をゆっくり味わっている。ほんの二口ほどでたちまち饅頭を食べ終えてしまった敏生は、二人の話が途切れるのを待って、遠慮がちに早川に声を掛けた。

「あの……早川さん。ちょっと訊《き》いてもいいですか?」

「はあ。何なりと」

　穏和な口調で言いつつも、早川の顔にわずかな警戒の色が浮かぶ。龍村も、咎《とが》めるような視線を敏生に向けた。

　査問会のことを訊きたい。それがどんなもので、具体的にどんな処罰が検討されているのかを知りたい。森が「組織」幹部にどんなことを訊かれ、どんなことを話し、それによって早川がどうなるのか……。

　そんな質問をぶつけてみたくてたまらない敏生だったが、それを顔にも口にも出しはしなかった。質問したところで早川は決して答えはしないだろうし、弱っている彼を苦しめるようなことは、断じて敏生の本意ではない。

　そこで、敏生はずっと心の中にあった、しかしなかなか口にするチャンスがなかった大きな疑問を、早川に投げかけてみた。

「あのね。僕、ずっと知りたかったことがあるんです。でも、これまで天本さん抜きで、早川さんとゆっくりお話しする機会がほとんどなかったから」

　それを聞いて、龍村と早川は同時に愁眉《しゅうび》を開いた。質問の具体的な内容はわからなくても、質問が森に関する……それもかなり他愛《たわい》ないものであることが容易に知れたからだ。

「おっと、琴平探偵登場だな。天本が留守の隙《すき》に、奴《やつ》の新たな秘密を白日の下に晒《さら》そうってわけか」

「そ、そんな大層なことじゃないですよう」

　敏生は恥ずかしそうに顔を赤らめる。早川は、そんな敏生を優しく促した。

「天本様に叱《しか》られない程度のことでしたら、ご迷惑をおかけしたささやかなお詫《わ》びに、お話しさせていただきますよ」

「ホントですか？」

　敏生はパッと顔を輝かせ、こう言った。

「あのね、ずっと前に天本さんが、ちらっと言ったんです。天本さんは、高校生のときに公園で早川さんにナンパされて術者になったんだって。そのときの話がずっと聞きたかったんですけど、天本さん、それ以上教えてくれないし。本当の話なんですか？」

　龍村も、その話題には面白そうな顔で身を乗り出した。

「む、そういや僕も、天本が術者になったいきさつは知らないな。僕が『組織』のことを知ったときは、既にあいつは河合さんの弟子だったし。是非お聞かせ願いたいですな、早川さん」

「おやおや。ずいぶんと昔の話でございますね。あれをナンパ……などと表現すべきかどうかはわかりませんが、わたしからお誘いしましたのは本当のことですよ」

「へえ。ね、もし喋《しゃべ》ってても身体《からだ》がつらくないなら、教えてくれませんか、そのときのこと」

「うむうむ！」

無邪気にせがむ敏生と、好奇心を四角い顔いっぱいに顕《あらわ》す龍村に、早川は苦笑しつつも頷《うなず》いた。

「そうでございますね。……あれは、天本様が高校一年生の初冬のことでございました。わたしが営業で外回りをしておりますとき、公園のベンチに座っておられる天本様をお見かけしたのです。偶然通りかかっただけだったのですが、ついその場に足を止めてしまいました。天本様は……」

学ラン姿の森は、ひとりぼっちで公園のベンチに座っていたのだという。人並み外れた美貌《びぼう》は、日暮れ間近の薄暗がりの中でも、早川の目を引いた。そしてそれより何より早川を驚かせたのは、森の周囲に群がっているおびただしい数の雑霊《ざつれい》たちだった。

（あんなに雑霊に取《と》り憑《つ》かれては、さぞ霊障《れいしょう》が重いだろうに。気がついていないのか……？）

雑霊《ざつれい》に取《と》り憑《つ》かれている人間など、周囲を見ればいくらでもいる。それを見掛けるたびにただで祓《はら》ってやるほど、早川は、お節介でも暇でもない。普段なら見て見ぬふりで通り過ぎるのだが、今回は、雑霊のあまりの数の多さが、早川をギョッとさせた。

（あの少年、いったい何をしているんだ）

よく見ると、森の両手がゆったりと動いている。長い指を優美に組み合わせるその仕草が印を結んでいるのだと気づいたとき、早川は森のしようとしていることを理解した。

森はわざと妖魔《ようま》に対して無防備なふりをして、周囲の雑霊を自分の周囲に集めたのだろう。そして今、印を結び、真言《しんごん》を唱えることによって、雑霊たちを捕まえるために霊力の網を構築しようとしているのだ。

（いったい何者だ。まさか術者……いや、違うな。あれは素人《しろうと》の稚拙なやり方だ）

早川は自動販売機の陰にそっと身を隠し、森の行動を見守った。

森は口の中で低く真言を呟《つぶや》きながら、複雑な印を組み、自分を取り囲む雑霊たちをじわじわと取り囲むように霊縛の網を張り始めた。

森の「気」の高まりが、離れたところにいる早川にも感じ取れた。見知らぬ少年の精神力の強さに感心しつつも、早川は軽く眉《まゆ》を顰《ひそ》める。

（「気」を抑え、妖《あやか》しを謀《たばか》る術を知らないか。やはり素人だな。これでは、上手《うま》くいくまい）

かつては自分も術者を経験し、今はエージェントとして何人もの術者を見てきた早川には、森の潜在能力と現在の実力が手に取るようにわかった。そこで早川は、ずっと提げていたアタッシュケースを、コトリと地面に置いた。両手の親指を軽く握り込み、略式の祓《はら》いをすませる。

「……あっ」

案の定、気負いすぎたのだろう。印を結ぼうとした指先が滑り、森はハッと息を呑《の》んだ。精神統一が脆《もろ》くも崩れ、ほとんど完成しつつあった霊縛の目に見えない網が、たちまち霧散していく。

「……しまった！」

森の「気」を喰《く》らうことしか頭になかった雑霊《ざつれい》たちが、森が自分たちを罠《わな》にかけようとしていたことに気づき、たちまち怒りの「気」を噴き上げた。いくら雑霊たちは力が弱いといっても、集団となればグンタイアリのように強大な力を発揮する。特に、自分たちに害を為《な》そうとしたものに対しては、下等霊は全力で攻撃する傾向があるのだ。

いっせいに自分に向かって憎しみのパワーを向ける雑霊たちに、森はさすがに焦《あせ》った様子だった。ベンチに飛び上がって逃亡ルートを探るが、雑霊の数が多すぎて、その場から動くことができない。雑霊の真ん中に飛び下りれば、その瞬間に雑霊たちはたちまち森の全身を覆い尽くし、身体《からだ》じゅうの穴という穴から体内に入り込んで、「気」だけでなく、その内臓や血肉まで食らい尽くしてしまうことだろう。

逃げられないことを悟った森がどう行動するかを、早川は注意深く見守った。慌てふためいて悲鳴をあげるか、絶望して泣《な》き喚《わめ》くか……。それが、危機に陥った素人《しろうと》術者のお決まりの反応だ。

だが森は、ベンチの上から周囲の状況を見極めると、自分を落ち着かせるために一つ深い息を吐いた。そして、押し殺した声で言った。

「……来い！　こうなったら、一体でも多く消し去ってやる」

そして両手の指を絡《から》め、真言《しんごん》を唱え始める。どうやら、真っ向から雑霊《ざつれい》たちに立ち向かう決意を固めたらしい。

（……いい気構えだ。使えるな）

早川は、アタッシュケースを地面に置いたまま、自販機の陰から出た。車道を横断し、森のいる公園へとまっすぐに向かう。

ベンチの上へ飛び上がってきた雑霊たちを四、五体まとめて片手でなぎ払った森は、近づいてくる早川に気づき、声を荒らげた。

「こっちへ来るな！　逃げろッ」

（一般人に対する気配りも、申し分ない。この少年、鍛えればいい術者になる）

思いがけない掘り出し物に内心ほくそ笑みつつ、早川は眼鏡《めがね》を外してスーツの胸ポケットに入れた。今月は、娘の誕生日プレゼントに小遣いを全額つぎ込む予定なのだ。雑霊《ざつれい》の攻撃で眼鏡《めがね》のレンズが割れでもしたら、来月まで修理することができない。

「逃げろ！　来ちゃいけない！」

森は、冷静な表情と迷いのない足取りで近付いてくるスーツ姿の中年男に、不審と驚きを隠せない様子だった。だが、何とか早川を遠ざけようと必死で怒鳴りながら、自分に群がってくる雑霊どもを霊力を込めた手で振り払う。

早川は公園の低いブロック塀をまたぎ、ベンチのほうへツカツカ歩み寄った。雑霊たちは、新たな「餌《えさ》」の出現に色めき立ち、早川にも襲いかかろうとする。森は顔色を変え、早川を助けるためにベンチから飛び下りようとした。

「いけません！」

だが、森が行動を起こすより早く、早川は強い語調でそれを制した。森は、信じられないという顔つきで、切れ長の目をカッと見開く。早川は、ジャケットを脱ぎ、近くにあった鉄棒に引っかけた。

「あなたは、自分の面倒だけみていなさい。わたしの心配は無用です」

愕然《がくぜん》としている森にそう声を掛け、早川は両手を胸の前で軽く交差させた。固く握った拳《こぶし》の中に、霊力を蓄えていく。

（……久しぶりだが、やれそうだな）

拳《こぶし》が弾《はじ》けるほど蓄積されたパワーに手応《てごた》えを感じつつ、早川は周囲を見回し、その場にいる雑霊《ざつれい》たちのほぼ半分が自分に群がっているのを確かめた。長く細く息を吸い込み、集中をさらに高める。

雑霊たち相手に大苦戦しながらも、森は早川から目を離さない。その視線を感じながら、早川は革靴の両足を踏ん張り、両腕を思いきり広げた。同時に、霊力を蓄えていた両手の指を、いっぱいに開く。手のひらから指先に向かって、霊力が凄《すさ》まじい勢いで流れていくのがわかった。

「迷える魂たちよ……冥界《めいかい》へ去るがいい！」

その言葉とともに、早川の指先からは白い光の筋が四方八方に迸《ほとばし》った。その光に触れた雑霊たちは、たちまち壮絶な悲鳴をあげ、消え去っていく。

「……ふう」

ものの数秒で自分の周囲の雑霊たちをすべて屠《ほふ》ってしまった早川は、ゆっくりと腕を下ろし、乱れた襟元を整えた。見れば、森のほうも、ようやく残った雑霊を片づけ、ベンチの上で荒い息を吐いている。

「大丈夫ですか？　怪我《けが》はありませんか？」

声を掛けながら、早川は鉄棒に引っかけておいたジャケットを取り上げ、袖《そで》を通した。片手で前髪の乱れを直し、眼鏡《めがね》を掛ける。

森は、半ば茫然自失《ぼうぜんじしつ》の体《てい》で、ふらりとベンチから下りた。早川の前に立ち、信じられないという顔つきで、早川の全身を凝視する。

「あなたはいったい……何者なんだ?」

早川は苦笑いした。

「ご心配なく。ただのサラリーマンですよ。……そこに座っていらっしゃい。何か飲み物を買ってきましょう」

「……あ……」

森が何かを言おうとするより早く、早川はさっきまで森が載っていたベンチを指さし、歩き出した。さっきまで身を隠していた自販機で缶コーヒーを二つ買い、アタッシュケースを回収して公園に戻る。

森は、ベンチに腰を下ろし、まだ魂が半分抜けたような顔で早川を見上げた。早川は労《いたわ》るように微笑《ほほえ》んで、そんな森の手に、熱い缶コーヒーを握らせる。

「…………」

「お飲みなさい。あれだけの数を相手にしては、さぞお疲れになったことでしょう」

早川は自分も森に並んで座り、コーヒーを一口飲んだ。いつの間にかあたりはかなり暗くなり、公園の中の外灯が、園内をところどころで青白く照らしている。冷たい夜風に吹かれながら飲む熱くて甘いコーヒーは、身体《からだ》に染《し》み渡《わた》るようだった。

森は、ほんの愛想《あいそ》程度にコーヒーを飲み、不審げに早川を見て口を開いた。

「あの……あなたは」

早川は、あくまでも柔和な表情を崩さず、傍《かたわ》らの彫像のように冷たく美しい顔をした少年を見た。

「早川知足と申します。ところで、わたしとしては、あなたをお助けしたつもりなのですが。もしや余計な手出しでしたでしょうか？」

ほんの少し皮肉っぽく言われて、自分の不作法に気づいたらしい。森は白い目元をほんのり赤らめ、深々と頭を下げた。

「いや……あの、助かりました。ありがとうございました。俺は、天本森といいます。

……それで……」

「サラリーマンだと申し上げましたでしょう。外車の販売をしておりましてね。ああ、これも何かのご縁です。名刺を差し上げておきます。お見受けしたところまだ学生さんのようですが、近い将来、車をお求めの際に思い出していただければ幸甚《こうじん》です。外車と申しましても、それほど高価でない、初心者向けの車種も取りそろえておりますから」

早川は胸ポケットから名刺入れを出し、慣れた仕草で白い名刺を森に差し出した。こちらはいかにも物慣れない手つきでそれを受け取り、森は早川の言葉に嘘《うそ》がないことを確かめる。

「でも……自動車販売のサラリーマンがどうしてさっきみたいなことを……」

躊躇《ためら》いがちに問いかけようとした森の言葉を片手で遮り、早川は少し真面目《まじめ》な口調でこう言った。

「先に質問させてください。あなたは、いつもさっきのようなことを？　誰か、あなたにああした退魔の術を教えてくれる人がいるのですか？」

森は曖昧《あいまい》に首を傾《かし》げた。

「教えてくれるというか……知識を与えてくれる人はいます。実戦は自分で……」

「自分ひとりで？　あんな危険なことを、たったひとりだけで？　いつもそうなんですか？」

今度は、森は深く頷《うなず》く。

「これまでは、一匹や二匹程度の下等妖魔《ようま》を相手にしていました。あんなに大仕掛けなことをしたのは初めてだったんです。できると思って……自分の力を過信していたかもしれません」

森は悔しそうに唇を噛《か》んだ。よほど自分の失態に腹を立てているらしく、缶を持った左手が細かく震えている。早川は、宥《なだ》めるように言った。

「独学であそこまでやれればご立派ですよ。あそこでちょっとした失敗さえしなければ、上手《うま》くやれていた可能性は大いにあります」

「そんな……」

「ですが、ああしたことを本気でおやりになりたいのならば、もっと鍛錬が必要です。今日のようなことを繰り返せば、あなた自身の命を危険に晒《さら》すだけではない。いつか何の関係もない一般人を巻き添えにして、一生後悔することになりますよ」

森は険しい顔で俯《うつむ》いた。早川に言われなくても、それは当人が誰より骨身に染《し》みて実感していることだろう。

だが森は、ハッと顔を上げて早川を見た。

「でも、どうしてあなたがそんなことを」

「副業がございましてね。……とある団体に属していて、かつては、術者をしておりました」

「術者？」

初めて聞く言葉に、森は目を見張る。早川は頷《うなず》き、言葉を継いだ。

「あなたがさっき試みておられたような行為……つまり妖《あやか》しを退じることを生業《なりわい》とする者のことを、術者と呼びます。わたしは数年前に術者を引退し、エージェントとなりました」

「エージェント？」

「はい。団体を通じて霊障《れいしょう》解決の依頼を受け、それを術者に委託する……いわば依頼人と団体と術者を繋《つな》ぐ、橋のような仕事です。ご理解いただけると思いますが、術者とは、妖《あやか》しと命を懸けて戦う危険な仕事です。若い頃はよかったのですが、結婚し、娘が生まれますと、やはり命が惜しくなりましてね。お恥ずかしい限りです」

何と言葉を返していいかわからないのだろう。森は陶器の人形のように整った顔に微《かす》かな戸惑いの表情を浮かべ、早川をまじまじと見ている。

早川は、森の顔をじっと観察しつつ、注意深くこう問いかけた。

「本当は団体自体から引退したかったのですが、創立時からのメンバーだけに、簡単に足抜けは許されませんでした。それで比較的安全なエージェントの職を得たのです。ところで、エージェントの価値とは、抱えている術者の質で決まります。ですから我々は、常に優れた術者を探し求めております。そこで……お訊《き》きしたいのですが、あなたは何故《なぜ》、このようなことを？　何を求めておられるのです？　お金ですか？」

「……もちろん……自由になる金があればいいとは思いますが、それだけでは」

「では、何が目的で、霊力を鍛えようとなさるのです？」

その問いかけに、森はずいぶん長い間黙りこくっていた。ふて腐れているのではなく、必死で答えを言葉にしようとしていることが、その真剣な横顔でわかる。早川は、のんびりとコーヒーを飲みながら、ひたすらに待った。

やがて森はボソリと言った。

「わかりません」

「わからない？　命を危機に晒《さら》すような行為をみずからしておきながら、その意味がわからないと仰《おつしや》るのですか？」

森は力なく首を横に振る。

「命なんか、どうでもいい。ただ……俺がこの道で強くなると、褒めてくれる人がいるから。それに……俺には他に何もない。したいことも特にないし、これがずっと趣味みたいなものだったし」

それだけ言って、森は薄い唇をぎゅっと引き結び、目を伏せた。それは早川に、それ以上のことは語れないし、語るつもりもないと伝えていた。

だが早川には、森が自分の進むべき道を模索し、自分の存在意義を見つけたがっているのだということだけは理解できた。だから彼はこう言ってみた。

「ですが、独学での鍛錬は危険ですよ。今日のようなことが起これば、あなただけの問題ではすみません」

「…………」

「それならば……わたしにあなたの身体《からだ》を預けていただけませんか？」

探るように問われ、森は再び目を上げた。

「それは……あなたが教えてくれるということ……ですか？　あなたと同じ団体に入っ

て？」

　早川は、押しつけるでもなく、独り言のように続けた。

「団体に関しては、そうですね。ある種の会社に就職すると思っていただければ結構です。あなたは我々に身柄を預け、霊障《れいしょう》解決の仕事をこなす。そして我々はあなたが任務を遂行するためにあらゆる便宜を図り、任務完了の折には報酬をお支払いいたします。指導役もしばらくおつけしますが、それはわたしではありません。適任者を新たに探します」

「でも、あなたはさっき……」

「年寄りの冷や水です。わたしはもう引退した人間ですからね。あなたには、現役の術者を指導役につけるのがいいでしょう」

「でも俺は……素直に教わるようなタマじゃ……」

「術者の中には、実務だけでなく、指導にも長《た》けた者がおります。あなたに合う師匠を見つけることが、きっとできると思いますよ」

　優しくそう言って、早川は立ち上がった。森も、半ば反射的に腰を浮かせる。早川は、まだ困惑顔の森に、絶妙の角度で頭を下げた。

「ゆっくりお考えください。もしわたしがお話ししたことに興味を持たれましたら、その名刺の……」

まだ手の中に名刺を持ったままだった森は、白い紙片に視線を落とす。

「そうです、そこがわたしの表向きの職場ですので、ご連絡ください。いつでもご希望の場所に伺います。本当に、お会いできてよかったですよ。では、お気をつけてお帰りください」

「……あ……どうも……」

決してごり押しすることはせず、早川はあっさりと別れを告げ、再度軽く頭を下げるとその場を立ち去った。背中に、森の視線をずっと感じながら……。

「……それが、天本様との出会いでございました」

早川はそう言って、いかにも懐《なつ》かしそうに息を吐いた。敏生と龍村も、ふうん、と感心しきりの声をあげる。

敏生は、早川のほうに身を乗り出して訊《たず》ねた。

「それで、天本さんからの連絡があったんですか？」

早川はニッコリして頷《うなず》く。

「はい。それから二週間ほどしたある日の夕方、天本様が職場に訪ねてこられました。おそらく、わたしが本当にそこで働いているかどうかを確かめるつもりだったのでしょう。お同僚から、さりげなく職場でのわたしの評判などを訊《き》き出《だ》しておられ……。当時から非常に聡明《そうめい》な方でした」

　龍村は、角張った顎《あご》をさすりながら、ニヤニヤして言った。

「計算高くて悪知恵が回ると素直に言ってもいいんですよ、早川さん。で、奴《やつ》はあなたの申し出を受けて、『組織』に入ることにしたということですか」

「ええ、まずは見習術者から始めていただくことになりました。わたしの抱えている術者の数人を試験的に指導役につけてみたのですが、どうも天本様はお年のわりに頭脳明晰《めいせき》すぎ、見習いにしては優秀すぎたようで上手《うま》くいかず……」

「ぷっ。きっと素直じゃなかったんだ！」

「可愛《かわい》くもなかったんだぜ、絶対。先生役に愛想《あいそ》を尽かされまくったに違いない」

　敏生と龍村はクスクス笑う。早川も苦笑いで二人の推測をさりげなく肯定し、話を続けた。

「まあ、相性の問題もございますし。それで、ようやく河合様とコンビを組んでスタートを切れたときには、心底安堵《あんど》したものでした。やはり今にして思えば、河合様はただ者ではなかったのですね。……こうしてお話ししておりますと、あの頃のことが、ずいぶん遠い昔のようにも、ついこの間のようにも思えます」

　ふうん、と敏生はベッドの端に両手をついて、早川の顔を覗《のぞ》き込《こ》んだ。

「それにしても、早川さんってホントのホントに術者だったんですね。だから、『眼』なんて式神《しきがみ》を使って、僕たちのこと見てたりできるんだ」

「いや、お恥ずかしい。あれはそもそもわたしの式ではなく、『組織』の式神を託されているだけですよ。それに『眼』を使うのは、必要なときだけです。いつも監視しているわけではありません」

少々気まずそうに早川は弁解する。敏生は、ふと気がついて訊《たず》ねた。

「ね、早川さん。早川さんはその『眼』で、いろんな術者を見守ってるんでしょう？　河合さんのことは見えないんですか？　今、どこにいるかとか。……あの、実は昨夜、河合さんから電話があったんです」

「ええ？　河合様から？　では、あの方はご無事だったのですね？」

早川は真顔になり、珍しく語気を強くして敏生を問い詰める。敏生は深く頷《うなず》いた。

「ええ。怪我《けが》はしてないみたいでした。ただ、どこにいるのかはわからないって。自分のことは心配しなくてもいいし捜さなくてもいい、なんてよくわからないことを言ってて、僕も天本さんも何だか困っちゃってるんです」

「……そんなことを……河合様が」

「ええ。無事なことには安心したんですけど、居場所がわからないことにはどうしようもなくて。捜さなくてもいいなんて言われても、納得できないでしょう？　もし、早川さんの『眼』に見えてたらいいのにって思って」

早川は、複雑な表情で残念そうにかぶりを振った。

「いえ、それが……。河合様は不思議な方で、昔から『眼』の追跡をいとも簡単に振り切ってしまわれるのですよ。ですからいつも、お別れするときに半ば無理やり河合様の式《しき》を一つお預かりして、次にお仕事をお願いするときにそれを飛ばすことにしていたのです。ですが……今回は、そうする前にあのようなことに」

早川の表情が、再び曇る。龍村に渋い顔を向けられ、わざとらしい咳払《せきばら》いをされて、敏生は慌ててこう言った。

「あのっ、さすが河合さんですよね。天本さんも小一郎も、河合さんの『気』は捕まえられないって。河合さんって、そんなに本当に凄《すご》い術者なんですか？」

早川はしみじみと頷《うなず》く。

「そうでございますね。『眼』は、どこへでも瞬時に飛んでいき、たいていの結界をかいくぐり、見たものすべてを主《あるじ》に知らせる優秀なスパイです。あれを撒《ま》くことができた術者を、わたしはこれまで二人しか知りません」

龍村は、興味深げに「ほう」と言った。

「ひとりは河合さんでしょう？　もうひとりはいったい誰です？　天本……ではないようだし。あいつは結構、間抜けな場面を多々目撃されとるようですからな」

敏生も首を傾《かし》げる。

「う、確かに。僕や天本さんは、しょっちゅう見られてるもんなあ。誰です？　僕らの知ってる人ですか？」

早川は頷《うなず》き、ごく控えめな、しかしどことなく悪戯《いたずら》っぽい微笑を浮かべてこう言った。

「お二人のよくご存じの人物です。………わたしですよ」

＊　　＊

査問会が開始されてから、既に半日が経過していた。何度か休憩を挟んだので、実際に「話」をしていた時間は遥《はる》かに短い。それでも、司野の顔には苛立《いらだ》ちが、森の顔には焦燥の色が浮かんでいた。

事件の経緯が語られた後、森と司野は、それぞれ早川の仲介でこなしたこれまでの依頼一つ一つについて、その内容と結末、及び依頼遂行中の自分と早川の行動についていちいち問いただされた。

どうやら、「組織」の式神《しきがみ》「眼」が監視した術者の行動は、エージェントだけでなく、その上層部にも逐一伝えられていたらしい。読み上げられる自分たちの行動は、傍《かたわ》らでずっと記録を取られていたのではないかと思えるほど詳細だった。

無論、この査問会の目的は、これまでの早川の仕事ぶりを評価し、今回の失態が当然の結果であったのか、あるいは情状酌量すべき避けられないアクシデントであったのかを判断することにある。だが、早川だけでなく自分たちのあらゆる行動まで分析され、森は、自分も同時に裁かれているような息苦しい気分になった。

だが一方で、森は司野の仕事ぶりをかなり詳しく知ることができた。どうやら早川が司野に接触を持つようになったのはつい最近のことで、司野は「組織」に入ることは拒みつつ、あくまでも「暇なとき個人的」に早川の持ち込む依頼を引き受けてきたらしい。

とはいえ、そうした彼の行動でさえも「組織」は一挙手一投足に至るまで把握していた。「組織」に属そうが属すまいが、エージェントと関《かか》わりを持った者はすべて、彼らは監視下に置くことにしているのだろう。あるいは早川も「組織」も、近い将来、司野を術者として迎え入れるつもりだったということかもしれない。

普段は骨董屋《こっとうや》を営んでいる司野だけに、得意とする仕事は古い品物に宿る付喪神《つくもがみ》を落とすことだった。実際、早川が掛け軸を奪われた今回の依頼も、森が断った場合は、司野に回される手はずだったらしい。

司野のほうも、その美しい顔に退屈だとでかでかと書きつつも、森のこれまでの経歴には興味深げに耳を傾け……そして、時折、妙に物思わしげな表情を浮かべていた。

結局、ようやく二人が受けたすべての依頼についての検証が終了したのは、午後九時を過ぎた時分だった。

『本日はこれまでにしよう。明日の朝十時に、ここで査問会を再開する。それまでゆっくりとくつろぎたまえ。だが、外出は控えるように。以上』

右側の「A」がそう宣言し、それを合図に、三人の幹部たちはぞろぞろと部屋を出ていった。それから十分ほども待たされ、森と司野も、ようやく会議室から解放される。

二人は何を言うでもなく、並んでエレベーターホールに向かって歩き出した。

しばらく待って到着したエレベーターに、二人は無言のまま乗り込む。だが、何気なく自分の部屋のあるフロアのボタンを押そうとした森の手を、司野は荒っぽく払いのけた。

「……な……」

司野は能面のように表情のない顔をして、最上階のボタンを押した。扉が閉まり、ガクンと小さく揺れて、エレベーターは上昇し始める。

「……どういうつもりだ」

押し殺した森の問いかけに、司野は無造作に答えた。

「飯だ」

「何だと?」

「飯を食え。まだレストランは開いているはずだ」

「……何を言って……」

司野は冷たい双眸《そうぼう》で、森を見据える。

「部屋に引き揚げる前に、飯を食うんだ。人は食えなくなったら終わりだからな」

「……あんたは妖魔《ようま》じゃなかったか」

「それがどうした」

あくまでも冷淡に切り返され、森は肩を竦《すく》めて言い返した。

「何故《なぜ》、妖魔が人間の飯の心配などするんだ」

そんなぶしつけな問いに、司野は即座に、しかしたいして腹を立てた様子もなく言い返した。

「心配などするものか。お前が情けなくくたばっているから、戦う者として最低限しておくべきことを忠告してやっただけだ」

「くたばりもするさ。検証された俺の仕事の数は、あんたの百倍はあったんだぞ。何につけてもチクチクと突っ込まれて、くたびれないほうがどうかしている」

「適当に聞き流していればいいものを、くそ真面目《まじめ》に相手などするから疲弊するんだ。まったく、弟子は師匠に似るものらしいな。お前の助手も世話の焼ける奴《やつ》だったが、お前もそうだとみえる」

そんな台詞《せりふ》に、さすがの森もムッとしてくってかかる。

「余計なお世話だ。敏生はともかく、俺はあんたにそんな親みたいな言いぐさをされる覚えは……」

司野は、森の怒りの表情を見て、皮肉っぽく唇を歪《ゆが》めて笑った。

「お前の助手もお前も、俺にとっては等しく小わっぱだ。長く生きてきた俺にしてみればな」

「長く？　それは、妖魔《ようま》なら人間よりは長命だろうが……」

司野はこともなげに頷《うなず》いた。

「何だ、助手に聞いていないのか。俺は、千年の昔に、闇《やみ》から生まれた。……もとは人を喰《く》らう妖魔だったが、いろいろあって今は骨董屋《こっとうや》の片手間に術者の真似事《まねごと》をしている」

「千年……」

「人間には想像することすらできない長い時間だ。……我が主《あるじ》より遥《はる》かに長い時を、俺はひとり生きてきた」

「さっきも訊《き》いたが、何故《なぜ》あんたの主人は、あんたを殺すこともなく解放することもなく、人の姿に封じたままで身罷《みまか》ったんだ？」

「優れた陰陽師《おんみようじ》といえども、みずからの死期を正しく予知することはできなかった。それだけのことだ」

それ以上言うことはないと眼差《まなざ》しで告げる司野に、森もおとなしく口を噤《つぐ》む。

沈黙を破るようにチーンと派手な電子音を立て、エレベーターが止まった。扉がゆっくりと開く。司野に続いて、森もフロアに降り立った。

最上階は、レストランフロアになっていた。フランス料理、寿司、和食、中華……ありがちなラインナップではあるが、ひととおりのものは揃《そろ》っている。

司野は、気のない様子で言った。

「お前の好きな店でいい」

「あんたも食事を？」

「人間の食い物など大した腹の足しにはならんが、何も食わないよりはましだ。早川以外の『組織』の連中は、妖魔《ようま》のもてなし方を知らんと見える。輸血パックの一つも用意していない。かといって、下等妖魔のたまり場を探してうろつくのも面倒なんでな」

「……なるほど」

森は、フロアマップを眺め、少し考えてから言った。

「和食でいいか？」

返事の代わりに、司野はさっさとレストランに向かって歩き出す。森も、重い足取りで後を追った。

和食を指定したのは、食欲がないので、あっさりしたものを少しばかりつまんで終わりにしようと考えたからだった。

だが、そうは問屋が卸さない。

「肉だ。肉を食え」

森の抗議の視線など意に介さず、司野は勝手にステーキコースを二人前注文した。すぐに、冷酒と突き出しが供される。

無言で切り子の杯に注《つ》がれた酒を、森はやはり黙って受けた。「組織」に査問会中の禁酒を命じられてはいないし、断ったところでこの強引な妖魔《ようま》が引き下がりはしないだろうと思ったからである。

「人間は、酒を飲むのに理由が必要なものらしいな。早川の無事にでも乾杯してみるか？」

森は肩を竦《すく》め、自分の杯を司野のそれに軽く当てた。

「早川の処分が軽くすむことと……この馬鹿げた査問会が早く終わることを祈って」

「同感だな。早川の処分はどうでもいいが、呼びつけられたからは、奴《やつ》に恩の一つも売っておきたいところだ」

司野は口の端《は》を吊《つ》り上《あ》げて皮肉な笑みを頰《ほお》に刻み、酒を一息に飲み干した。森は、唇を湿らせる程度に留《とど》める。辛口のすっきりした酒だったが、今朝から何も食べていない身体《からだ》には、毒薬に等しい。それでも小量のアルコールで、ずっと続いていた緊張がほんの少し緩和された気がした。

生ハムとパパイヤの前菜と、かぼちゃのポタージュ、それにサラダを無理やり胃袋に収めたところで、これでもかというほどぶ厚いフィレステーキが載った皿が運ばれてきた。

「……食えそうにないな」

森はうんざりした顔で、こんがり焼けた肉の上で溶けていくバターの塊を眺めている。

司野は、ほとんど生に近いレアステーキをざくざくと切り分けながら、こともなげに言い放った。

「物理的に胃袋に収められる量が食えないのは、お前の精神が脆弱《ぜいじゃく》だからだ」

「それは認めるが……」

「悪くない肉だ。それに、きちんと温めた皿に載っている。まともな料理人なら、完璧《かんぺき》に焼けた肉を熱した鉄板に載せて出すような愚行はしないものだからな。時にお前は、早川のために奴《やつ》が奪われた品物を取り返し、依頼を遂行するつもりなのか？」

「……そのつもりだ。『組織』がそれを許せば」

「ならばなおさら食っておけ。でなければ保《も》たん」

高圧的に命令されて、森は不愉快そうに顔を顰《しか》めた。だが司野の言うことはいちいち正論である。森は仕方なく、フォークとナイフを手に取った。

かろうじて焼き加減だけは自分で指定できたので、森の肉は申し分ないミディアムだった。中はほんのりと赤みが残っている。

（ここに敏生がいれば……大喜びで食っただろうな）

　そんなことを思いながら、森はのろのろと肉を切り、口に運んだ。見るからに旨《うま》そうな肉なのだが、嚙《か》み締《し》めてもろくに味がしない。楽しんで味わうには、神経が張り詰め、身体《からだ》が疲れすぎていた。

　……と。

「くッ……！」

　森は突然胸元を押さえ、息を詰めた。フォークがテーブルに落ち、皿に当たって甲高《かんだか》い音を立てる。司野は、不審げに眉根《まゆね》を寄せた。

「どうした？」

　だが、森は咄嗟《とっさ》に答えることができなかった。鳩尾《みぞおち》に、鋭い痛みが走ったのだ。真っ赤に焼けた鉄の棒で心臓を貫かれたような激痛に、森は思わず身体《からだ》を前屈《まえかが》みにして呻《うめ》いた。息を吸うことも吐くこともできず、少しでも気を抜くと、そのまま椅子《いす》から転げ落ちてしまいそうだった。司野は、苦悶《くもん》する森を心配するでもなく、冷ややかに問いを重ねる。

「おい。肉でも喉《のど》に詰めたのか？」

「………っ……」

　ややあって、森は詰めていた息をゆっくりと吐いた。痛みは、数十秒持続してから嘘《うそ》のように消え去る。額に滲《にじ》んだ冷たい汗をシャツの袖《そで》で拭《ぬぐ》い、森はようやく口を開いた。

「何でもない。気にしないでくれ」

司野は、何も言わずにふいと森から視線を逸《そ》らし、食事を再開した。

司野の手前、森も機械的に肉を口の中に押し込む。司野は、血の滴《したた》るような赤い肉を旨《うま》そうに平らげながら、再び訊《たず》ねた。

「で、何があった？」

「………何が、なんだ」

森はフォークを置き、司野の顔を軽く睨《にら》む。司野は、付け合わせのポテトをフォークで突きながら、面白くもなさそうに言った。

「さっき、急に様子がおかしくなっただろう。査問会でストレスを溜《た》めすぎて、心筋梗塞《しんきんこうそく》でも起こしたかと思ったぞ」

「……ああ」

森はまだ半分以上残ったステーキを眺めながら、素っ気なく答えた。

「急に胸が痛んだ。……すぐに治ったから何でもない」

「それが何でもない顔か」

司野は、角度によっては時折金色に光って見える鋭い目で、森を見据えた。妖魔《ようま》にとってはあまり魅力的な食べ物でないのだろう。皿に放置されたポテトは、突き回されて穴だらけになっている。

森は、躊躇《ちゅうちょ》しながらも素直に答えた。

「時に……近しい人間に災厄が降りかかったとき、あんなふうに胸が痛むことがある」

「なるほど。それでその情けない面《つら》か」

「…………」

気まずげに沈黙する森に、司野はこともなげに言った。

「お前のような奴《やつ》に、近しい人間などそう多くはいまい。俺に構わず、連絡してみればよかろう」

それとも、現状を確認する勇気がないのか？　と暗に問いかける極端に瞬《まばた》きの少ない妖《よう》魔《ま》の瞳《ひとみ》に、森は素直に折れた。実のところ、会議室を出てからずっと、敏生に連絡したくて仕方がなかったのだ。そこへもってきて、さっきの胸の激痛である。森が敏生の身の上を案じるのは無理からぬことだった。

「……では、ちと失礼する」

店を出て電話するのがマナーではあるが、戻ってきて司野に首尾を報告するのが煩わしい。そこで森は、近くに他の客がいないのを幸い、席に着いたまま携帯電話を取り出した。自宅にかけてみるが、誰も出ない。

（まだ帰っていないのか）

森は続いて、敏生の携帯電話にかけてみた。悪い予感に、嫌でも心拍数が上がる。

『もしもし、天本さん？』

だが、数回のコールで受話器の向こうから聞こえてきたのは、敏生の明るい声だった。たちまち、森の肩から力が抜ける。

「ああ、俺だ。まだ外にいるのか？　龍村さんは？」

『龍村先生、今、僕と一緒ですよ。二人で、早川さんのお見舞いに出掛けてたんです。早川さん、ずいぶん元気になってました。面白いお話も聞けたし。天本さんは？　何だか声に元気がないみたい。大丈夫ですか？　もう査問会は終わったんですか？』

ただひたすらに自分のことを気遣う敏生に、森の唇が我知らずほころぶ。

「ああ。慣れないことばかりで少し疲れたが、大丈夫だよ。今日たっぷり絞られたから、明日じゅうには終わると思う。君たちこそ大丈夫か？　今、帰りかい？」

『ええ。駅前で晩ご飯食べて、今帰り道です。ほら、前に一緒に行った中華料理屋。今日も、かに玉がとっても美味《おい》しかったですよ。天本さんは？　ちゃんとご飯食べてますか？』

森はちらと司野を見て答えた。

「今、まさに夕食中だ。君の知っている、実に親切な妖魔《ようま》の術者とね」

司野は無言で眉《まゆ》を顰《ひそ》め、森を睨《ね》めつける。敏生は、ああ、と声を弾ませた。

『ええと、司野さん？　査問会に一緒に出てるんですか？　あ、そうか。あの人も、早川さんに関係のある術者だから？』

「ああ。まあそんなところだ」

『そっか。誰かと一緒なら、天本さんも寂しくなくていいですね。あのときはお世話になりましたって僕からのお礼、伝えてください。龍村先生と替わりますか？』

「いや、いいよ。君からよろしく言っておいてくれ。……何か変わったことは？」

敏生はちょっと考えて答えた。

『電話連絡のほうは、帰って留守電聞かないとわかんないですけど。その他は特に何も』

「そうか。では、くれぐれも気をつけてな。戸締まりはきちんとするんだぞ」

『大丈夫ですよう。天本さんこそ、身体《からだ》に気をつけて。明日帰れそうですか？』

「上手《うま》くいけば。査問会が終わったら、もう一度連絡を入れるよ。それまで、留守を頼む。寄り道せずに、まっすぐ帰れよ」

『わかりました。天本さんも今日はゆっくり寝てくださいね。おやすみなさい』

「おやすみ」

通話を切った森は、ジャケットのポケットに携帯電話を突っ込み、着実に肉を殲滅《せんめつ》しつつある司野を見た。

「……というわけだ。妖魔《ようま》の耳なら、どうせ敏生の声も聞こえていたんだろう？」

司野は最後の肉のひとかけらを口に押し込み、肉食獣さながらの顔で咀嚼《そしゃく》しながら頷《うなず》いた。

「聞こえた。相変わらず気の抜けた声を出していたな。……で？　もう他にお前に近しい者はいないのか？　憂いが晴れたなら、肉を食ってしまえ」

森は再びフォークを手にした。冷めかかったステーキを無理やり飲み下し、口の中の脂を酒で洗い流す。

「近しい者は他にもいる……が、いちいち全員に安否の確認を取っていてはきりがない。肉はもうたくさんだ。これ以上食ったら、すべてを無駄にしてしまう結果になる」

暗にもう吐きそうだと伝え、森はフォークとナイフを揃《そろ》えて置いた。すぐにウェイターが来て、素早く肉の皿を下げ、テーブルの上をいったん綺麗《きれい》にしてからコーヒーとデザートを運んでくる。

二人は、無言でデザートを平らげ、席を立った。森が会計をすませている間、司野はエレベーターホールで待っていた。そして、一言ボソリと言った。

「明日も夕飯をここで食う羽目になったら、俺が払う。お前たちには、貸しだけ作っておきたいんでな」

森はそれに黙って頷《うなず》いた。そして、「ではまた明日」も「おやすみなさい」もなしに二人は別れ、それぞれの部屋に引き揚げた。

部屋に帰っても、特にすることがあるわけではない。温泉だけに別棟に二十四時間入浴可能な大浴場があるのだが、わざわざひとりでそんな場所に出向く気にはなれなかった。

ただひたすらひとりになれたことにホッとして、森は靴を脱ぐのも忘れ、そのままベッドに倒れ込んだ。冷たいシーツに頬《ほお》を押しつけ、深い溜《た》め息《いき》をつく。

せめてもの気休めに、片手を小さく動かして部屋を覆う結界を張り、もぞもぞと寝たままジャケットを脱いで、ネクタイを引き抜く。脱いだものをサイドテーブルに放《ほう》り投《な》げようとして、ふとポケットの中に入れっぱなしの携帯電話のことを思い出し、森は動きを止めた。

もう一度、敏生に電話してみたいという欲求にかられ、銀色の携帯電話を取り出す。敏生の声を聞けば、ささくれだった神経も穏やかになるような気がした。

だがしばらく逡《しゅん》巡《じゅん》して、結局森はサイドテーブルにジャケットを畳んで置き、その上に携帯電話を載せてしまった。

明日じゅうには帰れそうだというのに、ついさっき電話したばかりの敏生にまたかけてしまえば、敏生に呆《あき》れられる……というより、敏生と一緒にいる龍村にからかわれるに違いないと思ったのだ。

「だが……あの胸の痛みが敏生や龍村さんの危機を知らせるものでなかったなら……他の誰かに危機が迫っているんだろうか。まさか、河合さん……いや、単にストレスと急に飯を食ったせいで、あんなことになったのかもしれないな」

森は部屋の灯《あか》りを消し、枕《まくら》に顔を埋めた。さっき無理やり胃に詰め込んだ肉が頑強に消化を拒んでいるらしく、胸が苦しかった。

「……とにかく眠ろう。今は何を考えたところで、どうせ身動きが取れないんだ」

自分にそう言い聞かせ、森は遠い眠りを引き寄せようと固く目を閉じた。

しかし……あのとき何故《なぜ》電話しなかったのかと、森はその後、長らく後悔に苛《さいな》まれることになるのである……。

五章　時の隙間《すきま》に

翌朝十時、前日と同じ会議室に森《しん》は向かった。会議室のしつらえは、少しの変更もない。ただ今朝は、司野《しの》が先に来ていた。

椅子《いす》にふんぞりかえった司野は、目だけを動かして森を見た。朝の挨拶《あいさつ》をするような雰囲気ではないので、森は黙って自分の席に着く。

司野は森を横目で見たまま、おもむろにこう言った。

「昨日、お前の扱った事件をつらつら聞いていたが……」

森は怪訝《けげん》そうに頷《うなず》く。

「それが何か？」

「一つ、『組織』の監視がほとんど入らなかった事件があったな。依頼遂行の途中で、お前が行方不明の子供を捜して時空の歪《ゆが》みへ迷い込み、平安京へ飛んだという……」

森は、ネクタイの緩みを直しながら頷く。

「ああ。さすがにそこまで遠ざかられては、『眼』も追ってこられなかったとみえる。俺が早川《はやかわ》に提出した報告書以上の内容は、幹部連中も知らなかったようだな。……それがどうかしたか？」

司野は、首を巡らせて森の顔をつくづくと見、何か言おうと口を開きかけた。

だがそのとき、スクリーンの向こうで扉が開く音が聞こえ、ぼやけた人影が三つ、それぞれの席に向かって歩いてくるのが見えた。

「興味深い事件だと思っただけだ。気にするな」

司野は早口でそう言うと、顔を背けてしまう。森も、司野の世間話にそれ以上注意を払わず、まっすぐ前を向いて座り直した。

『おはよう、二人とも。よく休めたかね。では、査問会を再開しよう』

昨日と同じく、右側の「A」が話を始める。過去の記録を検証することは既に終了していたので、「A」はすぐ本題に入った。

『昨日の検証により、エージェント早川知足《ちたる》は、おおむねエージェントとしての職務を実直に務めてきたと我々は確信した。この場に来てもらったのは君たち二人だけだが、他の術者たちにも、他の手段である程度の確認を取っている。そこでの早川の評判も悪くないものだった』

「……それで？　このうえ俺たちを引き留めて、何を喋《しゃべ》らせるつもりだ？」

「組織」のメンバーではない司野は、そんなぶしつけな質問を堂々と投げかける。スクリーンの向こうから、複数の苦笑いが聞こえた。

向かって左側の「C」が、話を引き継ぐ。

『長時間、煩わしい思いをさせたことはお詫《わ》びする。だが「組織」は、構成員の処分を決定するときに万全の議論を尽くす姿勢を持っていることを、現場で活躍する君たちにも知ってほしかったのでな。どうかね、天本《あまもと》君。かつて君の処分も、このようにして決定されたのだよ』

「わかっています。……どうぞ先を続けてください」

森は眉間《みけん》に浅い縦皺《たてじわ》を寄せてボソリと言う。その反応を面白がっているのか、「C」は小さく笑った。どうやら、向こうからはこちらの様子がハッキリ見えているらしい。

『そこで、今回の早川知足の処分についてだが。まず、君の意見を聞こうか、辰巳《たつみ》司野。君はまだ早川とのつきあいが短い。それほど情も湧《わ》いてはいないだろう』

「情などない。処分など好きにすればよかろう。処分規定くらいはあるんだろうが」

『ある。依頼人に著しい不利益をもたらしたエージェントは、即刻解雇処分となる』

「なら、話は簡単だ。こんな面倒なことをせずとも……」

腹立たしげに言いつのる司野に、「C」はこう言った。

『だが、早川の場合は事情が特殊なのだ。彼は若すぎる年齢で、術者を引退した。命を惜しんでエージェントへの転向を希望したのだ。これまで術者とエージェントを両方務めた者はいない。しかも彼は、「組織」創立当初からの数少ない構成員だ。……詰まるところ……』

「あっさりクビにするには、あれこれ知りすぎた男だというわけだな」

司野の指摘に対する「C」の返事は、歪《ひず》んだ笑い声だった。司野は、吐き捨てるように言った。

「ならば、話は簡単だ。とっとと始末すればよか……」

「俺が！」

たまりかねた森は、司野に皆まで言わせず立ち上がった。司野は、ジロリとそんな森の顔を見る。だが森は司野には構わず、スクリーンにまっすぐ向かって立ち、こう言った。

「その依頼の遂行を、俺に任せていただけないでしょうか」

数秒の沈黙の後、正面の「B」が重々しく問いかけてくる。

『どのように、任せればいいのかね？』

森はその場に立ったまま、きっぱりした口調で答えた。

「奪われた掛け軸を取り戻し、通常どおり依頼を遂行するということです。早川はもともと、俺に依頼をもたらそうとしていました。俺が依頼を受けても、何の不都合もないと思いますが」

『なるほど。かつて恋人を死なせ、依頼を遂行しないまま放棄するという大失態を演じた君は、エージェントの早川に命を救われた。その恩義を忘れず、今度は彼を救おうというわけか。いかにも美しい話だな』

そんな残酷な揶揄《やゆ》に、森の端麗な顔が歪《ゆが》む。だが森は、あくまで慇懃《いんぎん》に言った。

「かつてあなた方に命を奪われかねない失態を演じた俺が、全幅の信頼など得られないことはよくわかっています。ですが、信頼できるできないは、どれほど論議を重ねたところで水掛け論にしかなりません。依頼人をいつまでも待たせるわけにもいかないでしょう。時間を無駄にするよりは、俺にチャンスを与えていただけませんか」

するると、右側の「A」から声がかかった。

『自信ありげだな』

森は素直にそれを否定する。

「自信があるわけではありません。しかし、昔の恩を返すというのは、動機としては最強のものだと思いますが」

森の言葉に、三人の幹部たちは乾いた笑い声をあげる。それでも森は、胸を張って宣言した。

「開き直りと言われても、俺は早川に借りを返し、そしてあなたたちにも、俺の実力を再認識してもらいたい……そう思っています」

『これは大きく出たものだ』

最高幹部である「B」が、冷たい言葉を吐いた。音声を加工してあるせいで、甲高《かんだか》い子供のような声である。それが重々しい台詞《せりふ》を紡《つむ》ぐのが、どうにも奇妙だった。

「確かに俺は、過去に大きな過《あやま》ちを犯しました。けれどそれからもう長い年月が経《た》ちました。その間に、術者として少しは成長したつもりです」

それに対する「B」のコメントは、賞賛と悪意が混ざり合ったものだった。

『そのようだな。昨日検証したとおり、君はほとんどすべての依頼を問題なくこなしてきた。困難やアクシデントも、見事に切り抜けている。君を名指しで希望する依頼も少なくない。それに……「組織」以外のプライベートな霊障《れいしょう》解決も、いくつか受けているようだね』

「プライベートな依頼を受けることは、禁止されていなかったと思いますが」

『咎《とが》めてはいない。余裕があって結構なことだと言っているだけだ』

仕事中だけでなく、私生活をも監視していると言外に告げられ、森は不愉快そうに唇を引き結んで沈黙した。司野は仏頂面《ぶっちょうづら》で椅子《いす》に掛けたまま、事の成り行きを見守っている。

スクリーンの向こうで何やら相談しているらしきヒソヒソ声が聞こえ、やがて正面から咳払《せきばら》いが聞こえた。

『よかろう。これより我等の意見をまとめるため、昼食を兼ねて一時間の休憩に入る。二

「人とも、しばらく会議室の外に出てくれたまえ』

どうやら、幹部たちは室内に留《とど》まって協議するらしい。即座に背後の扉が開き、森と司野は会議室から追い出された。

休憩時間と言われても、特にすることはない。司野は、スタスタと芦ノ湖《あしのこ》のほうへ歩いていってしまった。おそらく、ひとりで散歩でもしたい気分なのだろう。外で鉢合わせするのも気まずいので、森は館内に留まることにした。

手持ち無沙汰《ぶさた》に売店を覗《のぞ》いてみた森は、ふと思いついて煙草《たばこ》を買った。ロビーの外れに申し訳なさそうに設置されている喫煙スペースに行き、煙草に火をつける。

煙草を吸うのは、本当に久しぶりだった。おかげで、煙を吸い込んだ途端、軽い眩暈《めまい》に襲われる。それでも何もしないよりは気が紛れる気がして、森は目の前の窓からよく手入れされた庭園を眺め、煙草をふかし続けた。

すっかり短くなった煙草を灰皿に擦《こす》りつけたとき、森はふと背後に人の気配を感じた。ハッと振り向いた瞬間、森は硬直した。

そこに立っていたのは、仕立てのいいツイードのスーツをピシリと着こなした初老の白人男性だった。片手には洒落《しゃれ》た意匠のステッキを持ち、どこから見ても優雅な休暇を楽しむ英国紳士の趣である。

だがその口から出た言葉は、森の背筋を凍らせるに十分なものだった。

「やあ、元気かね、ルシファー。こんなところで会うとは奇遇だな」

流暢《りゅうちょう》な日本語。それを吐き出した血の色の薄い唇、落ちくぼんだ理知的な灰青色の双《そう》眸《ぼう》、短めに整えられたプラチナブロンドの髪……。

それはまさしく、森の父親トマス・アマモトだった。

「……父さん……どうして、ここに」

森は驚きを押し隠し、平静を装《よそお》って言葉を返した。ゆっくりともう一本煙草《たばこ》を取り出し、父親から視線を逸《そ》らして火をつける。

「少し目を離すと、そんな悪癖を身につける。お前は手の掛かる子だ」

トマスは不快げにそう言うと、片手で森の吐き出した煙を払い、壁際《かべぎわ》のソファーに腰を下ろした。肘置《ひじお》きにゆったりと片腕を載せ、息子の顔を見上げる。

森は、神出鬼没の父親の顔を睨《ね》めつけて訊《たず》ねた。

「父さん……。答えてください。いったい何故《なぜ》ここに？　俺の跡をつけてきたんですか。それとも……まさか、父さんは『組織』と関係が？」

「馬鹿な。お前のことはいつも見ているが、つけ回すほどわたしは暇ではないよ。それに……『組織』か。お前が学生時代から関《かか》わっている団体だな」

ステッキの象牙《ぞうげ》の持ち手を手のひらで弄《もてあそ》びながら、トマスは口角を吊《つ》り上《あ》げて笑みを浮かべた。

「あんな妖《あやか》し退治を生業《なりわい》にする卑《いや》しい団体に、わたしが関係しているだと？　とんでもない。わたしは学者だよ、ルシファー。学者は金のために研究するのではない。優れた研究には、金があとからついてくるものだ」

森は苛立《いらだ》ちを何とか抑え、煙を吐き出しながら問いを重ねた。

「……では何故《なぜ》ここへ？」

トマスは、皮肉っぽい口調で答えた。

「わたしはお前たちのように無粋ではないのだよ。箱根《はこね》に来るといえば、温泉で療養するためと決まっている。冬になると、左足の古傷が痛むんだ。……この傷が痛むたびに、小《さ》夜子《よこ》のことを思い出す」

不意に耳に飛び込んできた母親の名前に、森の頰《ほお》が小さく痙攣《けいれん》した。

「……母さんを……」

「ああ。山中でのフィールドワークの最中に崖《がけ》から転落して左足を負傷して……それが縁で、彼女と出会ったのだからね。昔、話してやったろう。わたしと小夜子のなれそめを」

森はろくに吸わなかった煙草《たばこ》を灰皿に放《ほう》り込《こ》み、思い詰めた表情でトマスの前に立った。トマスは、空とぼけた涼しい顔で、そんな森の周囲を見遣《みや》った。

「そういえば、今日はあの可愛《かわい》い精霊《せいれい》君は一緒ではないのかね。先日の悪ふざけの詫《わ》びを

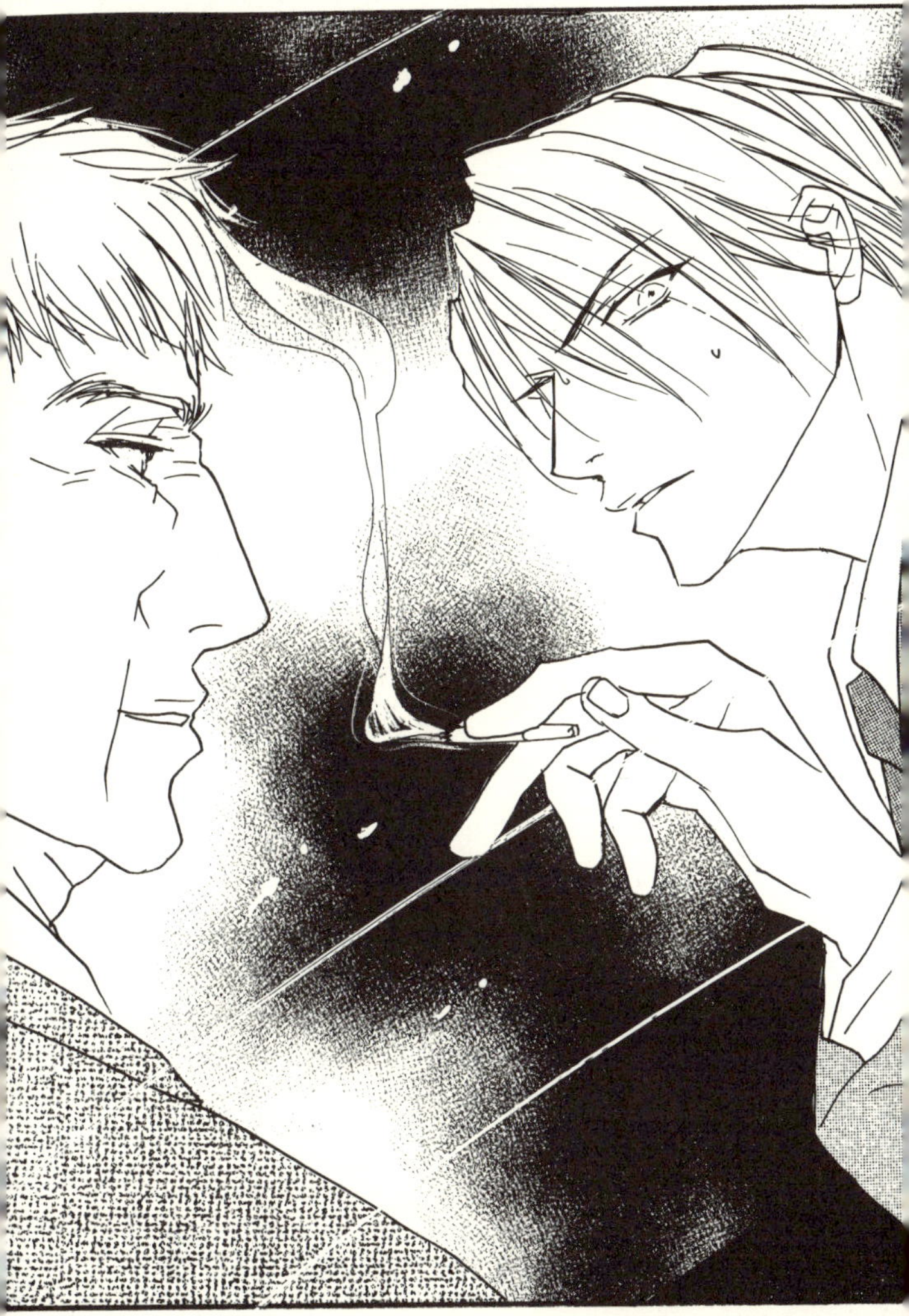

言いたかったんだが。お前からよろしく伝えてくれ」

軽傷とはいえ、敏生《とし き》を傷つけておいて「悪ふざけ」とうそぶく父親に、森の目元が怒りで上気する。だが森は、努めて気を落ち着け、口を開いた。

「父さんと母さんのなれそめより、聞きたい話があります。俺の……出生にまつわる話です。敏生がいない今が、ちょうどいい機会だ。聞かせてください」

「ほう？　穏やかならぬ話だな、ルシファー。まあ座ったらどうかね。そんな所に立たれては、せっかくの美しい庭園が見えないじゃないか」

トマスは自分の傍《かたわ》らを尖《とが》った顎《あご》で示す。森は無言で、少し距離をあけてトマスの隣に座った。

「で？　お前の出生の何が疑問なんだ？　まさか、血縁関係を疑っているのではないだろうね」

「馬鹿な。この顔が嫌になるほどあなたと母さんに似ていることは、よくよく知っていますよ。……そうではなく……。自殺する少し前、彼女は酷《ひど》い錯乱状態に陥りました。世話係の老女も手がつけられないほどでした。俺を殺そうとさえしたんです。そのとき……」

森は、半ば無意識に自分の左手首に視線を落とした。

「部屋の隅にうずくまって幼女のように泣きじゃくりながら、母さんは俺の手にすがりついた。そのとき……彼女の意識が、俺の中に流れ込んできたんです。まるで奔流のように激しく……彼女の心に閉じ込められていた、忘れたくても忘れられない記憶が」

トマスは面白い話でも聞いているような顔つきで、肘置《ひじお》きに頬杖《ほおづえ》をついて耳を傾けている。森は、自分の左手首を見つめたまま、話を続けた。

「父さんと出会って、恋をして、生まれ育った故郷の人々を裏切って父さんとともに村を出た……。母さんがどれだけ父さんのことを愛していたか、俺には痛いほど感じられました。……そのあと、母さんがあなたに酷《ひど》く絶望させられたことも。具体的に何があったかはわかりませんが」

「絶望……ね」

どこか楽しげにそう呟《つぶや》き、トマスはステッキで手のひらを軽く叩《たた》いた。

「確かに、かつてわたしと小夜子は一つの夢を共有した。そしてその夢は破れ、小夜子は心を閉ざした。だが、小夜子とわたしの間に何があろうと、それは夫婦の問題だろう。息子のお前が、目に角《かど》立ててわたしに詰め寄る必要はないはずだがね」

「二人の間に何があったか……それを知りたいのは、そのとき、母さんが、俺には理解できない記憶を見せたからです」

「ほう。……それは？」

トマスは、あくまで余裕たっぷりの口調で訊《たず》ねる。森は、そのときの母親の血走った目を思い出し、思わず固く目をつぶって答えた。

「まるでフラッシュのようにちらついた、幼い女の子の映像です。母さんが、その女の子を胸に抱いて泣いている……そんな姿を見ました。そのときの母さんの悲しみの波動は、息が詰まるほど強くて……。いったいあれは誰なんです」

トマスは、虎《とら》の頭部をかたどったステッキの持ち手を、いきなり森の鼻先に突きつけた。森はハッと息を呑《の》む。トマスの声は、氷塊のように鋭く、厳しかった。

「父親を試すのかい、ルシファー。賢いお前が、戸籍も調べずにその問いをわたしにぶつけてきたとはとても思えない。見たのだろう？」

森はうっと言葉に詰まり、しかし結局素直に答えた。

「……見ました。母さんの死後、初めて家族全員の戸籍を申請して知りました。俺に……姉がいたことを。従子《よりこ》という名の、俺が二歳のときに四歳で死んだ姉が」

トマスは、その言葉に満足げに頷《うなず》く。

「そうだ。お前はまだ物心がつかない年だったから、覚えていなくても無理はない。お前には、幼くして死んだ姉がいる。……不幸な事故だった」

「事故？」

トマスは、沈痛な面持ちで頷《うなず》いた。

「そうだ。従子は……階段から落ちたのだよ。わたしと小夜子の目の前でね。そして首の骨を折って死んだ。小夜子が心に傷を負うのも無理はない。……そうだな。あれが小夜子が心を閉ざす一因になった。母親がわが子を亡《な》くして悲しいのは、お前も理解できる感情だろうに」

森は、身体《からだ》ごとトマスのほうを向いた。そして、硬い声音でこう問いかけた。

「……本当に、ただの事故だったんですか？」

「それは、どういう意味かね？」

それまで悲しげだったトマスの瞳《ひとみ》に、暗い光が宿る。森は、母親譲りの黒い瞳で、父親の刺すような視線をまっすぐ受け止めた。

「あのとき、母さんは譫言《うわごと》のように言いました。『お前は生まれたときから罪の子だった。お前を殺さなかったせいで、あの子は死んだ。殺された……』と。俺の名前が……森という名前が森《もり》を意味するのではなく、英語読みの“sin”……罪を意味するのなら、いったいその罪とは何なんです？」

トマスは、ゆっくりと立ち上がった。そして、体重をステッキに掛け、森の目の前に立った。長い年月が刻んだ顔の皺《しわ》に、日の光が複雑な影を落とす。父親の顔から目を逸《そ》らさない森に、トマスは諭すように言った。

「わたしは、お前を罪の子などと呼んだことはない。小夜子がお前をどう思っていたかは、小夜子とお前の問題で、わたしには関係ないことだよ。わたしにとって、お前はいつでも暁の明星、わたしの誇りだ。お前はそれをよくよく知っているはずだね？」

「……父さん……」

言葉は穏やかでも、その声には、森の神経を引《ひ》っ掻《か》くような鋭い響きがある。思わず苦しげな息をついた森を、トマスは、蛇を思わせるぬめった光を帯びた青い瞳《ひとみ》で見据えた。

「お前が捉《とら》われるべき過去は、小夜子ではないよ。お前には、もっと他に贖《あがな》わなければならない罪があるだろう」

「………何……を」

「お前はかつて、自分の犯した過《あやま》ちから尻尾《しっぽ》を巻いて逃げたね、ルシファー。もう終わったことだとお前は思っているようだが、本当は何一つ終わってはいない」

「……な……っ」

「何も知ろうとせず、何もしなかったことへの報いを、お前はまだ十分に受けてはいないのだよ。それは大きな災いとなって、お前だけでなく、お前の大切な者たちの上にも降りかかるだろう。これは、お前を愛するがゆえの、父親からの忠告だ。ここで会ったのも何かの啓示かもしれない。だから言っておいてやろう」

「……父さん、あなたは……いったい何を……」

唇を震わせる森の肩をポンと叩《たた》き、トマスは穏やかとも言える口調で言った。

「わたしは何もしていないし、何もしないよ、ルシファー。わたしは常に『見守り、導く者』なのだ。お前だけでなく、わたしが目をかけたすべての人間のために、わたしは道を示し続けるだろう。……それだけのことだよ」

話し終わると、トマスは一歩下がった。森は立ち上がろうとしたが、トマスは視線だけでそれを制止する。

「父さん……っ。俺は……俺の聞きたかったのは、そんなことでは……」

「無駄話は終わりだ、ルシファー。わたしはここに静養に来たのであって、お前に苛立《いらだ》たせられるためにではない。わたしの言ったことを忘れず、賢明に行動しなさい。……わたしを失望させないように」

これ以上、何を訊《たず》ねても父親は答えないだろう。そんな諦《あきら》めにも似た思いを抱《いだ》き、最後に残していった言葉の意味を理解しかねて、森はただ遠ざかっていく父親の後ろ姿を見送った。

軽く左足を引きずる独特の歩き方で、トマスのそれほど大きくない背中は、エレベーターホールのほうに消えていく。

（贖《あがな》うべき罪……。何故《なぜ》、今になってそんなことを……）

トマスが言った「罪」が、査問会でもさんざん話のタネにされた霞波《かなみ》の死だということは容易に推察された。だが、トマスはずっと、霞波のことを「何の能力もない、つまらない娘」だと誹謗《ひぼう》していたのだ。そんな彼女の死を、何故今トマスが口にするのか、森にはそれが理解できなかったのである。

ふと腕時計を見ると、休憩時間はあと十分を残すのみになっていた。せめて水分くらいは補給しておくべきかと、森は中庭のパブリックスペースにあったはずの自販機を求めて歩き出した。

ちょうど建物の外に出たとき、スーツの胸ポケットに入れていた携帯電話が振動した。取り出してみれば、発信元は龍村《たつむら》である。森はすぐさま、通話スイッチを押した。

「もしもし、俺だ。龍村さん？」

どうした、と問う間もなく、受話器の向こうの龍村は、絞り出すような声で、ただ一言こう言った。

『すまん』

電話越しとはいえ、龍村の声にはいつもの生気がまったく感じられない。森は背筋に冷たいものが走るのを感じつつ、できるだけ静かな声で訊《たず》ねた。

「いきなり謝られても困る。いったい何があった」

『襲われた』

ある程度覚悟していたとはいえ、龍村の答えは森を激しく動揺させた。龍村は、力ない声でこう続けた。

『昨夜、お前、琴平《ことひら》君に電話してきただろう。僕たちが早川さんの見舞いに行って、飯を食って帰る途中だ。あれからしばらく後の出来事だった。家のすぐ近くで、僕らは襲撃されたんだ』

「いったい誰に？　それに昨夜のことを、何故《なぜ》こんな時刻まで二人して俺に知らせなかった！　敏生はどうしているんだ」

森の声は、無意識に非難と叱責《しっせき》の調子を帯びている。龍村は、いかにもすまなそうに言った。

『本当にすまん。無様な話だが、意識を取り戻したのが、つい小一時間前なんだ。点滴をぶら下げたまま、医者と看護師を振り切って公衆電話まで辿《たど》り着《つ》いたんだが……いや、これはみっともない言い訳だな』

「な……何だって！」

さすがの森も、何とか繋《つな》ぎ止《と》めていた冷静さをかなぐり捨て、携帯電話を耳に強く押しつけた。

「怪我《けが》をしたのか⁉」

『頭をちょっとな。後ろからバチッとやられたもんだから、倒れ込んだときに顔面をしたたかに打ったんだ。まあ、石頭だったおかげで、頭の中身の損傷は掠《かす》り傷《きず》程度だがな』

「バチッと？」

『今にして思えば、凶器はおそらくスタンガンだろう。凄《すさ》まじい痛みが背筋から頭まで走ったからな。それで情けなく気絶しちまった。気がついたら病院のベッドの上にいて、窓からは燦々《さんさん》と太陽の光が差し込んでいたというわけだ』

さらに龍村は、沈んだ声で続けた。

『そしてな、天本。……最悪の知らせだ。琴平君がいない』

死の宣告にも等しい言葉に、森は言葉もなく虚空《こくう》を凝視する。

『僕がついていながら、本当にすまん。だが、倒れている僕を発見してくれた通行人は、周囲には誰もいなかったと言ったそうだ。おそらく……』

「あんたを襲った誰かが、敏生をどこかへ連れ去った……そういうことか」

龍村は躊躇《ためら》いがちに、しかしハッキリとそれを肯定した。

『うむ……おそらくはな。彼が僕とともにいない理由は、それしかなかろう。お前の携帯にかける前にお前の家にも琴平君の携帯にもかけてみたが、どちらも留守電だった。……とにかく、手元にある情報が少なすぎる。ただここから脱走して、現場を見に行く……というのは、身体《からだ》が許してくれそうになくてな』

森は思わず壁に片手をついた。いろいろな感情がいっぺんに頭に渦巻き、眩暈《めまい》がする。口を開けば龍村を傷つける言葉が出てしまいそうで、森はきつく唇を嚙《か》み締《し》めた。

(くそッ……。落ち着け。落ち着くんだ。龍村さんに咎《とが》はない)

『天本？　おい、天本、お前、大丈夫か？』

怪我人《けがにん》のくせに、自分を気遣う龍村の声が胸に沁《し》みる。森は深い息を吐き、目をつぶったまま口を開いた。自分の声が平静であるようにと祈りながら。

「それは俺の台詞《せりふ》だ。寝ていなくていいのか？」

『さすがに頭がグラグラするよ。今も、床にしゃがみ込んでかけてる。……それより、琴平君のことだが』

「警察は？」

森は、龍村の言葉を遮って訊《たず》ねた。とにかく今は、警察沙汰《ざた》になるようなことだけは避けなくてはならない。幸い龍村は、心配は要らん、と強い口調で言った。

『表沙汰になっちゃまずいことは、僕も心得ている。所轄の刑事が来てはいたが、職名を明かしておいたから、今頃、兵庫《ひょうご》県警に僕の身元を照会していることだろう。琴平君の名前は出してないし、出すつもりもない。僕がひとりで酔って転んだことにでもしておく。酒は入っていたからまったくの嘘《うそ》にはならんし、監察医だとわかれば、供述を疑われることはないだろう。呆《あき》れられはするだろうがな』

「……龍村さん……」

負傷しつつもそこまで考えて行動してくれた親友の思いやりに、森は思わず絶句する。身体《からだ》のどこかが痛むのだろう。龍村は小さく呻《うめ》いて言葉を継いだ。

『とにかく……。もたもたしちゃいられない。これから何とかして病院を出……』

「駄目だ。今は、何もするな」

『お、おい、天本』

森は、ともすれば上擦《うわず》ってしまいそうな声を抑え、努めて淡々と言葉を継いだ。喋《しゃべ》りながら、必死で頭を回転させる。

「あんたには、安静が必要だろう。査問会はもうじき終わる。夕方には、そっちへ戻れるはずだ。続きは会って聞く。病院の名前を教えてくれ」

『お、おい天本。お前本気か？　琴平君が連れ去られて、もう半日以上が経《た》ってるんだぜ？　一刻も早く捜さないと……』

森は嘆息した。昨夜、食事の最中に感じた胸の激しい痛み。あれは、敏生が危機に陥ることを森に知らせるサインだったに違いない。これまでは、いつでも事が起こってから痛みを感じた。だから、それが予兆である可能性を、森は少しも考えなかったのだ。

そのことを深く悔やみつつ、森はしかし、わざと平板な口調で言った。

「そう、半日以上だ。一刻を惜しむには、時間が経ちすぎている」

『天本……お前……』

「敏生を拉致《らち》してどこかで殺すつもりなら、もうあいつは生きてはいないだろう」

言葉にすると、恐怖が心を締めつけた。敏生が正体の知れない「誰か」に殺害されたかもしれないという最悪の可能性に、全身の血が凍りつく。だが、自分の中の恐怖を、負傷した龍村に伝えるわけにはいかない。森は腹に力を込め、声を励まして言った。

「だが、誘拐して何かをしようとしているなら、必ずこちらにアプローチがあるはずだ。そして、敏生を殺さず、どこかへ隠しておくに違いない」

『そ……それはそうだが』

「とにかく、俺はまず査問会を終わらせる。そうすれば、小一郎《こいちろう》が使えるようになる。あいつなら、敏生の居場所を見つけ出すことができるだろう。だから、龍村さん。あんたは、身体《からだ》を休めていてくれ。これ以上、俺たちのために無理を重ねるな」

『………』

　森がもっと取り乱すと思っていたのだろう。予想外の冷静沈着な発言に、龍村は言葉に窮して沈黙する。森は重ねて念を押した。

「頼むから、今は自分の身体のことだけを考えてくれ。あまり長く話していてはいけないだろう。ベッドに戻れよ。医者が医者を困らせてどうする」

　それでも、森の声音から、その奥にひた隠しにした激情を感じ取ったのだろうか。龍村はずしりと腹にこたえるような重い声で、「わかった」と言った。

『わかったよ、天本。お前と小一郎が帰ってきたとき、使い物にならないようじゃ困る。琴平君の行方を捜そうにも、僕ひとりじゃどうしようもないしな』

「……そういうことだ」

『天本。……お前、大丈夫なんだな？　本当に大丈夫だな？　早まってひとりで行動を起こすなよ？』

探るような声音で、龍村が問いかけてくる。森はカラカラの喉《のど》に生唾《なまつば》を送り込み、波立つ心を鎮《しず》めようと最大限の努力をして答えた。

「当然だ。査問会の間は、したくても何もできはしないさ。とにかく、できるだけ早くそちらへ向かう。それまで、十分に休んでくれ」

『わかった』

龍村に病院名と最寄りの駅を聞いてから、森は通話を切った。思わず建物の外壁にもたれ、ざらついた壁面に額を押しつける。

「……何てことだ……」

昨夜、自分がベッドの上で敏生のことを思っていたとき、当の敏生は恐ろしいアクシデントに見舞われていたのだ。

（きっと、俺に助けを求めただろうに……。いくら疲労していたとはいえ、それに気づいてやれなかったとは……！）

後悔と焦燥感で、胸を掻《か》きむしりたいような衝動にかられる。無駄と知りつつも、自宅と敏生の携帯電話にかけてみた。だが、電話の向こうからは、いずれも自動応答の冷たい音声が聞こえただけだった。それでも、一縷《いちる》の望みに縋《すが》り、「無事ならばすぐ連絡するように」という伝言を吹き込んで、森は携帯電話をジーンズのポケットにねじ込んだ。

(敏生……。どこでどうしているんだ)

先刻、今慌てふためいてもどうしようもないと龍村を諭したにもかかわらず、森の胸の内は嵐《あらし》の海のように荒れ狂っていた。あと少しだとわかっていても、査問会を放《ほう》り出《だ》し、今すぐ敏生を捜しに行きたいと心が叫んでいる。

理性と衝動の間で揺れ動く森の肩に誰かが触れたのは、そのときだった。またトマスが舞い戻ってきたのかと、森は一瞬ビクリと身体《からだ》を震わせる。

「おい。何をぼんやりしている」

だが、そこにいたのは相変わらず不機嫌そうな顔の司野だった。

「あんたか……」

「もう休憩時間が終わる。お互い、こんな茶番はとっとと終わらせたいだろう。戻るぞ」

森に険しい形相で睨《にら》みつけられたにもかかわらず、司野は髪の毛一筋さえ動かさず、冷ややかな面持ちと声で言った。森の肩を軽く叩《たた》き、そのまま会議室に向かって歩き出す。

「……くそッ」

森は思わず、つま先で地面を蹴《け》りつけた。

恐ろしいほど混乱した心を何とか落ち着かせようと、深呼吸を数回繰り返す。

ここで査問会を放り出してしまえば、この二日間をまるまる無駄にするばかりではなく、早川の立場をとことん悪くしてしまいかねない。それだけはしてはならないと、森は何度も自分にそう言い聞かせた。

司野は、建物に入ったところで足を止め、森のほうを見ている。その冷徹な瞳《ひとみ》は、すべてを見通しているように黒々と澄んでいた。

（敏生……。すぐに捜しに行く。無事でいてくれ……！）

今にもこの場から駆け去ってしまいそうな自分を必死で戒め、森は会議室へと足を向けたのだった……。


それから一時間ほど後……。「査問会」はようやく終盤に差し掛かっていた。

「組織」幹部たちの出した結論は、早川知足が奪われた品物の回収及び依頼の遂行を森に委託すること、そしてその結果次第で、早川の処分を決定すること……であった。

無論、森がすべてを上首尾に片づければ、早川は何のペナルティも受けず、今までどおりエージェントとして働くことができるという確約を取り付けることを、森は忘れなかった。

『最後に言い添えておくが、依頼人には決して盗難の事実を知らせてはならない。それを忘れぬよう。……では、健闘を祈るぞ、天本君』

「A」がそんな言葉で査問会を締《し》め括《くく》ろうとしたとき、それまでは決して自発的に発言しようとはしなかった司野が、思いがけず声をあげた。

「待て。その掛け軸の回収に関しては、俺が手を貸してやってもいい」

「……何だって……？」

森は驚いて傍《かたわ》らの妖魔《ようま》を見た。司野は、まっすぐスクリーンの向こう側を見透かすような鋭い目つきで言った。

「俺は亡《な》き主《あるじ》以外、誰の指図も受けん。余計な口出しや命令は御免被る。だが、『組織』が正式に捜索を依頼する、ということであれば、助力してもいいと言っているんだ」

そんな居丈高な言葉に答えたのは、正面にいる「B」だった。

『なるほど、骨董屋《こっとうや》のお手並みを拝見できるというわけか。いいだろう。では、最高幹部のわたしがじきじきに助太刀《すけだち》をお願いしよう。掛け軸を上首尾に発見した際には、「組織」の術者と同レベルの報酬を支払う。その条件でどうかね』

「いいだろう」

司野は鷹揚《おうよう》に頷《うなず》いた。

『君にも異存はないな、天本君』

森は司野の無表情な横顔をちらと見てから答えた。

「……ありません」

『では、査問会は以上で終了する。速やかに仕事に取りかかるように。それぞれに帰りの車を待たせている。使うがいい』

その声と同時に、会議室の扉が大きく開かれる。森と司野は顔を合わせないまま立ち上がり、部屋の外に出た。

扉の脇《わき》に控えていた式神《しきがみ》のひとりが、森に羊人形を差し出す。それを引ったくり、森は足早にその場から立ち去った。人気のないロビーの隅の物陰で、森は小一郎の名を呼んだ。たちまち、式神が姿を現す。

幽閉の労をねぎらう余裕もなく、森は先刻の龍村からの電話の内容を小一郎に告げた。式神の浅黒い顔に、たちまち緊張と怒りが漲《みなぎ》る。

「敏生と『契約』を交わしたお前なら、あいつの居場所が突きとめられるはずだ。すぐに飛んで、敏生を捜せ」

「はッ。されど、主殿《あるじどの》は如何《いかが》なされます。龍村どののもとへ行かれるのでしたら、まずは妖《あやか》しの道で……」

小一郎の言葉に、森は小さくかぶりを振った。

「いや。妙な動きをして、『組織』の連中に怪しまれたくはない。俺は車でいったん自宅に戻ってから、龍村さんのところへ行く。……頼んだぞ、小一郎」

「お任せくださりませ。道中、お気をつけて」

森の命令を受け、小一郎は即座に姿を消した。森はジャケットのポケットに羊人形を突っ込み、自分も大股《おおまた》にエントランスへと向かった。

　車寄せには、昨日と同じ自動車が停《と》まっていた。これまた同じ運転手が、所在なげに車の脇《わき》に立っている。そちらへ向かおうとしたところで、森は司野に呼び止められた。

　黒いロングコートを吸血鬼のマントのように優雅に羽織った司野は、険悪な形相で森を睨《ね》め付《つ》けた。

「協力してやろうという相手に、名刺の一枚も寄越さないのか、お前は」

「……ああ。これは失礼した」

　査問会では何とか平静を装《よそお》うことに成功した森だが、会議室を一歩出た瞬間から、もう頭は敏生のことでいっぱいだった。混乱する頭で、龍村と合流してからの自分の行動をシミュレートしている間に、司野のことはすっかり頭から抜け落ちていたのである。

　胸ポケットを探って名刺入れを取り出す森に、司野は低く囁《ささや》いた。

「何があった？　休憩時間の終わり近くに、よからぬ知らせが入ったとみえるが」

　森は少し躊躇《ちゅうちょ》したが、司野は協力を申し出てくれている人物である。正直に答えないわけにはいかなかった。

「敏生が……俺の助手が、何者かに拉致《らち》された。早川のときと同じ手口だ。一緒にいた俺の友人も、負傷して入院している」

「……ほう」

司野は、にやりと意地悪く笑った。

「これで、負傷したのはお前のエージェントとお前の友人、拉致《らち》されて行方不明なのは、お前の師匠と助手というわけだな」

「……ああ」

「皆、お前の周囲の人間ばかりとはな。はてさて、犯人が同一人物なら面白いことだ」

森は怒りを押し殺した低い声で問いただした。

「何が言いたい」

司野は両手をコートのポケットに突っ込み、肩を竦《すく》める。

「べつに。……ただ、俺も既に、お前の周囲の人間のひとりだということを覚えておけ。俺にまで迷惑を及ぼす前に、犯人を突きとめることだ」

「……司野……」

「乗りかかった船だからな。いよいよ沈みそうになるまでは、片足を乗せておいてやる」

「……掛け軸のことでは、面倒をかける」

「まったくだ。……だが、餅《もち》は餅屋というだろう。任せておけ」

「……何故《なぜ》」

こともなげに言い捨てる司野を、森はむしろ不思議そうに見た。司野は眉《まゆ》をきつく顰《ひそ》める。

「何が、何故《なぜ》だ」

「何故、あんたはそんなふうに俺や敏生に力を貸してくれようとする？　査問会に出たのは、早川と仕事上のつきあいがあったからだ。だが俺たちにそこまでしてくれる義理はないはずだろう」

司野は、冷酷そうな薄い唇を歪《ゆが》めて嘲笑《あざわら》った。

「俺が、早川の襲撃や、お前の師匠と助手の誘拐に関係していると疑ってでもいるのか？　それで、わざとらしい親切面《づら》でお前に近づいているとでも？」

「いや……そこまでは」

「そんな面倒なことはせん。……ただ……」

「ただ？」

司野は晴れ渡った冬の空を見上げ、ボソリと言った。

「ただ、俺はお前たちの古い友を知っている」

森は、思わぬ言葉に目を見張る。

「ふ……古い……友？　誰のことだ、それは」

「今はそんな余計な話をしている場合ではなかろう。俺が力を貸すのは、お前たちの古き友に恩義があるからだ。それだけ知っておけばいい。……早く行って、あの間抜け面の助手を捜してやれ。俺が必要なら、いつでもここに連絡しろ」

司野はそう言って、露草色の美しい和紙で作った名刺を森に手渡すと、クルリと森に背を向けた。コートの裾《すそ》を木枯らしにはためかせ、待っていた車に乗り込む。

「俺たちの古い友……？　誰のことだ？」

呆然《ぼうぜん》として遠ざかる自動車を見送っていた森は、ハッと我に返り、自分にあてがわれた自動車を見た。くだんの運転手が、後部座席の扉を開けて待っている。

「……世話になります。できるだけ急いでください」

返事がないことはわかっていたが、森はそう言葉をかけ、柔らかな座席に身体《からだ》を滑り込ませた……。

＊　　　＊

それから三時間ほど後……。

森が龍村の病室に駆けつけたとき、龍村は、パジャマの上からトレンチコートを羽織っているところだった。

「おう、天本」

頭に白い包帯を巻かれ、鼻の頭と左頬《ひだりほお》に痛々しく大きな絆創膏《ばんそうこう》を貼《は》られた龍村は、森を見るとそのいかつい顔をすまなそうに曇らせ、頭を下げた。

「本当にすまん。お前から留守を預かったのに、琴平君を守れなかった」

森は、啞然《あぜん》とした顔でそんな龍村を見る。

「起こってしまったことを悔やんでも仕方がないし、あんたが俺に謝る必要はない。……だが、何をしてるんだ、あんたは」

龍村は、痛そうに顔を顰《しか》めながらも、コートの腰紐《こしひも》をギュッと結ぶ。

「帰り支度に決まっているだろうが。服は血だらけで着られたもんじゃないからな。せめてもとコートを羽織っているわけだ」

「帰り支度だと？　あんたは入院が必要なんじゃ……」

「主治医はそう言ったが、強引に退院手続きをすませた。どうせ寝るなら、お前の家で寝る。役立たずでも、電話番くらいはできるはずだ」

「……だが……。龍村さん、これ以上俺たちに関《かか》わるな。今回はたまたま軽傷ですんだが、もしまたあんたが襲撃されるようなことがあったらどうする。それに、仕事だってあるだろう」

親友の身を案じてそんなことを言う森に、龍村はきつい口調でこう言い切った。

「馬鹿を言うな。仕事と友達の命と、どっちが重いと思ってるんだ」

「龍村さん……」

森は言葉を失い、困惑の面持ちをしている。龍村はつらそうな顔で、そんな森の肩を叩《たた》いた。

「昔、ボロボロのお前から逃げ出した僕が、偉そうに言える台詞《せりふ》じゃないな。だが、僕だってそれなりに成長した。今は、人として何を優先すべきか、ちゃんとわかってる」

「龍村さん、俺はそんな昔の話を蒸し返すつもりは……」

「わかってる。……だが、あのとき逃げた卑怯《ひきょう》な自分のことを、僕は一生忘れないし、許さない。だから、同じ過《あやま》ちは二度と繰り返したくないんだ。心配するな。幸い、医者同士というのは何かと融通が利《き》くもんでな。少々大袈裟《おおげさ》な診断書を書いてもらった。これで、しばらく休暇を取るさ。お前を待つ間に連絡を取って、仲間のひとりに代理を頼んだんだ」

「……代理といっても、医者なら暇ではないだろうに」

「ぶーぶー言ってたが、一度引き受けたらきちんとやってくれる奴《やつ》だ。埋め合わせは、帰ってから十分にするよ。さて、どれだけ飯を奢《おご》れば満足してくれるものやら、今から心配だがな」

龍村はちょっと笑ったが、すぐに真顔になって森を見据えた。

「とにかく。琴平君は、お前にとっては大切な伴侶《はんりょ》だろうが、僕にとっても大事な友人だ。お前の思惑とは関係なく、僕は僕自身の意志で琴平君を捜すつもりだ。ここで手を引けなんて言ったら、いくらお前でもぶっ飛ばすぜ？」

「わかったよ。……ありがとう、龍村さん」

深い溜《た》め息混《いきま》じりに、森は感謝の言葉を吐き出す。その肩をポンと叩《たた》いて、龍村はニッと笑った。

「目の前で琴平君を拐《かどわか》されたんだ。僕は、傷ついた男のプライドも回復せにゃならん。……とにかく、家へ帰ろう。お前と琴平君の家へ」

その言葉に、森の顔が一瞬泣きそうに歪《ゆが》んだ。

「……主殿《あるじどの》！」

そのとき、病室のリノリウムの床に、突然黒衣の青年が現れた。言うまでもなく、森の式神《しきがみ》小一郎である。

「小一郎、敏生の行方は……」

森の問いかけに、小一郎は床に跪《ひざまず》き、深々と頭を下げた。

「申し訳ございませぬッ」

「わからないのか？　だが、何故《なぜ》だ。お前は、敏生と契約を交わした。敏生の居場所は、よほどのことがない限り知れるはずだ」

森の失望と不審が滲《にじ》んだ問いに、式神は面《おもて》を上げた。その浅黒い野性的な顔には、明らかな焦燥の色が浮かんでいる。小一郎は、素直な戸惑いを伝える掠《かす》れ声《ごえ》で言った。

「仰《おお》せのとおり、うつけの気配を摑《つか》めなんだことは、これまで一度もございませんでした。あ奴《やつ》が千年の昔に飛んだときですら、微《かす》かな……毛一筋ほどの気配の痕跡《こんせき》を辿《たど》れたものを。此度《このたび》はまこと、掻《か》き消《け》すように……。主殿《あるじどの》、もしやうつけは、もはや……」

「馬鹿を言うな！　敏生は死んでなどいないッ」

「も……申し訳、ござりませぬっ」

叩《たた》きつけるような主の叫びに、小一郎は床に額を擦《こす》りつける。龍村は、そんな森を窘《たしな》めるべく、静かな声で言った。

「落ち着けよ、天本。あれほど心を通い合わせた琴平君だ。もし彼が……その、殺されでもすれば、何も感じないということはなかろう」

「……ああ」

森は荒い息を吐き、頷《うなず》く。龍村は頷き返し、話を続けた。

「だがお前は今のところ、それを感じてはいないんだな？　それなのに、千年の時を隔てても琴平君の気配を感じられた小一郎が、今、琴平君の足取りをまったく摑めない。その理由を、お前はどう分析するんだ？」

小一郎も、教えを乞《こ》うように、森の青ざめた顔をじっと見上げる。森はしばらく考えてから、さっきよりずっと冷静さを取り戻した声で言った。

「龍村さんを襲撃し、敏生を拉致《らち》した人間が、もしこの世と異界を行き来できる人物で、

敏生を遠く離れた異界に連れ去ったか……あるいは」

「あるいは？」

龍村に促され、森は物思わしげな顔で低く言った。

「あるいは、信じられないほど強力な結界の中に、敏生を閉じ込めているか。それくらいしか考えられない」

龍村は、難しい顔で唸《うな》った。

「ううむ……つまり、いわゆる素人《しろうと》による犯行でないことだけは明らかなわけだな？」

「そういうことになる」

森は嘆息し、しばらく床を睨《にら》んでいたが、やがてキッと顔を上げた。

「となれば、向こうから行動を起こすまで、こちらは待つしかない。まず、態勢を立て直すために家に戻ろう、龍村さん」

「わかった」

龍村は大きく頷《うなず》く。森は、視線を跪《ひざまず》いたままの式神《しきがみ》に向けた。

「聞いてのとおりだ。家に戻る。常に敏生の気配を探り続けることを忘れずにいろ。どんなにわずかな手がかりでも、決して見逃すな」

「心得ましてございまするっ。この小一郎、必ずうつけを見つけ出してみせまする」

小一郎は、引き締まった顔で主人の命《めい》を受け、強い決意を込めた声で言った……。

その夜。森の作ったトマトソースのパスタで、森と龍村は簡単な夕食を摂《と》った。

「いけないな。何だか敏生がひょっこり帰ってくるような気がして、パスタをたくさん茹《ゆ》ですぎてしまった。せいぜい頑張って食ってくれ。あんたは血を作るのに栄養が必要だろうから」

森はそんな軽口を叩《たた》いて、龍村の皿にパスタを山盛りにした。

どうにか笑みを浮かべていても、森の切れ長の目は真っ赤に充血している。龍村は帰宅してしばらく仮眠を取ったが、森が一秒たりとも気を休めることができずにいるのは、火を見るより明らかだった。

敏生を拉致《らち》した人物が接触してくるのをひたすら待つしかない今、森にも龍村にも、時間はまるで足元からジワジワと絡《から》みつき、動きを封じようとする蔦《つた》のように感じられた。

龍村は、頬《ほお》の傷が引きつるのを感じつつも、わざと元気な声を張り上げて言った。

「お前こそ食えよ。もとから食が細いのに、どうせここしばらく、いろいろ心労が重なって、ろくすっぽ食えてないんだろう」

「そうでもない。家にいるときは敏生がうるさかったし、昨日も、無理やり飯を食わせてくれるお節介な妖魔《ようま》がいたからな」

「……お節介な妖魔？」

「ああ。この前、俺が異世界に取り込まれたとき、敏生が世話になった術者だ。『組織』に属してはいないが、早川から個人的に仕事を受けていたために査問会に呼ばれていた。辰巳司野という名だそうだ」

龍村は、興味深そうに唸《うな》った。

「ほう。僕は、妖魔《ようま》といえば小一郎しか知らんが、独立して術者をやっている妖魔もいるのか？　小一郎みたいに、人間に使役されるのではなく？」

「俺も詳しくは知らない。長々と世間話をするような間柄でも雰囲気でもなかったからな。だが、どうやらかつては人間に仕えていたようだよ。ずいぶん長い時を生きてきたと言っていた」

龍村は、フォークにこれでもかというくらいパスタを巻き付け、大きな口いっぱいに頬《ほお》張《ば》ったまま、不明瞭《ふめいりよう》な口調で言った。

「長い時間を生きてきた……か。妖魔も大変だな」

「まったくだ。人には人の、妖魔には妖魔の苦労があるらしい」

森はそう言って、気のない様子でパスタを口に運びながら嘆息した。

「そして……司野に言われて思い当たったんだが。あるいは今回の一連の事件の本当の標的は、俺かもしれないいな」

龍村は、トマトソースがベッタリ付いた口元をティッシュで拭《ぬぐ》いながら、目を剝《む》いた。

「どういうことだ、そりゃ」

「言葉のとおりさ。怪我《けが》をさせられたのは早川とあんたで、誘拐されたのは河合さんと敏生……俺の周囲の人たちばかりだ。司野にそれを指摘されたときはカッとしたが、考えれば考えるほど、掛け軸が奪われたというのはただの攪乱《かくらん》要素で、本当に襲撃者が狙《ねら》っているのは……俺じゃないかという気がして仕方がないんだ。俺にプレッシャーをかけるために、俺の周囲の人間を傷つけたり連れ去ったりしているのかもしれないと」

　むう、と龍村は難しい顔で腕組みした。

「そりゃお前、確かにそういう考え方もできるだろうが……。そうと決まったわけじゃない。思い詰めるなよ、天本。物事にはいろんな解釈の仕様があるはずだ」

　森は微笑してかぶりを振る。

「思い詰めてはいないよ。だいいち、怪我人にそんなふうに労《いたわ》られては、俺の立場がない」

「天本……」

「幸い、掛け軸のほうは、司野が捜索を引き受けてくれるそうだ。俺は……河合さんと敏生の行方を一日も早く摑《つか》まなくてはならない」

「うむ……。小一郎も踏ん張ってくれているしな」

「ああ。それで考えたんだが……」

森はフォークを置き、居ずまいを正して龍村を見た。

「龍村さん。あんたに頼みがある」

緊張を含んだ声に、龍村は口いっぱいに頰張《ほおば》ったパスタを咀嚼《そしゃく》しながら、目で先を促した。森は、ごくさりげない口調でこう言った。

「明日一日、家を空けるつもりだ。留守を頼めるか」

思いもよらない言葉に、龍村はあんぐりと大きな口を開けた。

「お前、何を言っとるんだ、この非常時に。家を空ける、だと？」

「ああ。今だから出掛けるんだ」

「む？　まさか、琴平君の行方に見当がついたのか？」

森は力なくかぶりを振る。

「いや。それならあんたに真っ先に言うさ」

「だったら何故《なぜ》だ。こんなときに、どこで何をしようと……」

森は龍村をまっすぐ見て答えた。

「岐阜《ぎふ》県へ行こうと思う」

「岐阜県？　そこに何があるんだ」

森は一瞬躊躇《ためら》い、しかし口先で誤魔化《ごまか》すことなく答えた。

「霞波が、孤児として育てられた施設がある。……彼女から、話を聞いたことがあるんだ。そこを訪ねてみようと思う」

「おい、待てよ天本。……お前、正気か？」

龍村はフォークを持ったまま、半ば腰を浮かせて、森の顔を覗《のぞ》き込《こ》んだ。

「いなくなったのは、琴平君だぞ？　お前が今捜さにゃならんのは、琴平君だ。霞波さんじゃない。……だいたい、彼女が死んで、何年経《た》ったと思ってる。いったい何故《なぜ》、そんな施設を今さら、というか今、訪ねる必要があるんだ。お前、まさかまた……」

龍村の顔には、深い気遣いと憂いの色がある。森は静かにかぶりを振った。

「違うよ。焦燥していても、錯乱はしていない。……実は、あんたに話していないことがある。査問会の最中、父に会ったんだ」

「……親父《おやじ》さんに？」

龍村は大きな口をへの字に曲げ、眉根《まゆね》を寄せた。彼の記憶には、年末に「タイムスリップパーク・ホテル」で見た、敏生の喉元《のどもと》にナイフを押し当てているトマスの姿がまだ鮮明に残っているのだろう。龍村は、食べかけの皿を脇《わき》に押しやり、テーブルの上に両手を載せて、森の顔を真正面から見据えた。

「だが、『組織』が査問会を開く場所は、お前にも知らされていなかったんだろう？　何故、現地に親父さんがいるんだ。まさか、二十四時間、お前を追いかけ回しているわけじゃあるまい」

「あの人の神出鬼没は今に始まったことじゃない。……本人は偶然そこで静養していたと言ったが、怪しいものだ。だが、俺が問題にしているのはそのことではないんだ」

森は、トマスと交わした会話の内容を、龍村に話して聞かせた。じっと片手で頬杖《ほおづえ》をついて聞いていた龍村は、ふうむ、と荒い鼻息を吹き出した。

「それはその……つまりお前が逃げた過《あやま》ちというのは……」

言いにくそうな龍村に代わり、森自身がそれをあっさりと口にした。

「霞波のことだと思う。最初は、俺の古傷をいたずらにつついて楽しんでいるのかと思った。……だが、敏生が誰かに拉致《らち》されてからというもの、ますます父のその言葉が引っかかる。父が去ってすぐあんたからの電話があったから、余計にそう思ってしまうのかもしれないが」

龍村は、眉間《みけん》に皺《しわ》を寄せたまま、険しい眼差《まなざ》しで問いかけた。

「お前、自分が何を言ってるかわかってるんだな？　僕はそれを、少なくとも僕の襲撃と琴平君の誘拐に、お前の親父《おやじ》さんが関《かか》わっていると理解しちまうぞ？　当事者ではないにせよ、何らかの関係はあると……お前もそう思ってるのか？」

森は、沈鬱《ちんうつ》な面持ちで頷《うなず》く。

「確証は何もない。だが、そんな気がして仕方がないんだ」

「確かに僕だって、昔お前のお父さんに会ったときは何だか背中が薄ら寒いような居心地の悪さを感じた。それにあの人が実際、琴平君の喉元《のどもと》にナイフを突きつけているのも見た。それも、酷《ひど》く楽しそうにな」

「父は……そういう人だ」

「常人ではないとは思った。だが、あの人はお前の実の父親だろう？　お母さんが……その、あんな状態だったなら、唯一の肉親といってもいい存在だったんだろう？　それなのに、ひとり息子のお前を苦しめるようなことをするんだ」

「おそらく、唯一の肉親だからさ。あの人は、家族を自分の所有物と認識している。だからこそ……手駒《てごま》である家族が自分の意に染まない行動をしたときは、それがどんなに小さなことでも許しはしない」

淡々と語る森の顔がいつにも増して……まるで紙のように青白いのを案じながらも、龍村は問わずにいられなかった。

「お前は、ずっとそうやって抑圧されて生きてきたのか？　行動のすべてをお父さんにコントロールされてきたのか？」

森は、唇に苦い微笑を浮かべた。

「ずいぶん大きくなるまで、自分が抑圧されていることに気づかなかった。それほど父は強大な力で俺を支配し続けたんだ。幼い頃から、父は研究が忙しくて留守がちだった。自分のことは自分でするようにしつけられた。だが、家にいるときは、父は長い時間を俺のために割いた。それこそ読み書きからテーブルマナーから服装……それに彼の専門である民俗学や歴史まで、幼い子供には難しすぎることでも構わず、とにかく世の中のすべてのことについて、父は俺に話した」

「……ずいぶんとアカデミックな親子だな」

「父は博学だった。そして父は、仕事に出掛ける前に、俺に必ず何らかの課題を与えていった。次に帰宅したときに俺がそれをマスターしていれば、大袈裟《おおげさ》に褒めてくれたよ。お前はわたしの自慢の息子だ……そう言ってね。そのときだけ頭を撫《な》でてくれる父の手が、幼い俺は嬉《うれ》しくて仕方なかった」

“I'm very proud of you, my boy.”

重々しい声で父親の声色を真似《まね》て言い、森は切れ長の目を眇《すが》めた。

「だが、もし俺が課題をこなしきれていなかったり、父が話してくれたことをうっかり忘れていたりしたとき……父は、俺の手を乗馬用の鞭《むち》で打った。滑稽《こっけい》だろう？　彼はいつも、そんなものを持ち歩いていたんだ。痕跡《こんせき》を残さず、痛みだけを与える巧妙な方法を、彼は知っていた。だが、俺は……身体《からだ》よりも心が痛かった」

龍村は思わず、テーブルに置かれた森の手の甲に目をやる。確かに骨張った白い手に、目立った傷跡は見あたらない。

「わたしを失望させないでくれ、ルシファー。……俺を鞭打つとき、父はいつも悲しげな口調でそう言った。氷のように冷たい目をしてね。心底怖かったよ。母は、物心ついた頃には既に、生きながら彼岸に去ってしまっていた。そのうえで、父に……残るただひとりの肉親に捨てられるかもしれないという恐怖がどれほどのものか、想像できるかい？」

　龍村は無言でかぶりを振る。

「彼は飴《あめ》と鞭《むち》を巧みに使い分けて、自分が唯一無二の大きな存在であることを幼い俺の心に叩《たた》き込《こ》んだ。今もそうだ。あの人に逆らおうとする俺を再びコントロール下に置くために、あの人は手段を選ぶまい」

「お前をコントロールするための鍵《かぎ》が……お前の師匠である河合さんであり、お前の助手で誰よりも大切な存在である琴平君というわけか。そう言われると、僕までそんな気がしてきちまうな」

　龍村は苦笑いしようとして、顔を顰《しか》めた。左頬《ひだりほお》の擦り傷が引きつれたらしく、片手で頬を押さえてこう続ける。

「だが、僕は頭の中をニュートラルにしておくように努めよう。こういう場合は、できるだけ柔軟にいろいろな可能性を検討できたほうがいいだろうからな。わかった。留守は引き受けよう。今度こそ、電話の前から離れない。犯人か琴平君……それに河合さんから連絡があれば、必ず僕がキャッチしてみせる」

「ああ、頼む。小一郎はあんたのもとに置いていく。何かあったら、奴《やつ》を俺のもとに飛ばしてくれればいい。それ以外のときは……小一郎が、この家とあんたを守る」

「心得た。小一郎も、気の合わない僕と二人で留守番では可哀相《かわいそう》だが、この際我慢してもらおう。……なあ、天本よ」

龍村は、力のある双眸《そうぼう》で森を見つめ、諭すように言った。

「根拠も説得力もない台詞《せりふ》だが……監察医の勘だと思ってくれ。大丈夫だ。信じる気持ちさえなくさなければ、僕たちは大事な人たちを取り戻せる。……すべて上手《うま》くいく」

「龍村さん……」

力強いその言葉に、森も静かに頷《うなず》いた。

「そうだな。河合さんがいつも言っていた。いい言霊《ことだま》を紡《つむ》げば、いい運が集まってくると。今が、その教えを実行するときかもしれない」

「そうさ。河合さんも琴平君も、きっと無事だ。掛け軸だってきっと見つかる。そう信じよう。……祝杯の前払いだ。乾杯」

そう言って、龍村はミネラルウォーターのボトルを持ち上げる。森は自分のボトルを龍村のそれにぶつけ、祈るように唱和した。

「……乾杯」

＊　　＊

「う……っ……」

意識が戻るのと、表現しがたい不快感に悲鳴をあげるのは、ほとんど同時だった。敏生は呻《うめ》き声《ごえ》を漏らしつつ、溶接されたように重い瞼《まぶた》をゆっくりと開けた。

どうやら、彼は建物の一室にいるようだった。薄暗い視界の果てに、ぼんやりと白っぽい天井が見える。視線を動かそうとすると、たちまち酷《ひど》い眩暈《めまい》がして、吐き気に襲われた。

（……僕……いったいどうしちゃったんだろ……）

身体《からだ》が鉛のように重く、怠《だる》かった。仰向《あおむ》けに横たわったまま、身動き一つできない。ずっと同じ姿勢でいたのか、身体の節々が痺《しび》れていた。

脈拍がやけにハッキリ感じられ、血液の代わりに、どろどろした粘液が流れているように息苦しい。憑坐《よりまし》を務めた後に襲われる不快感に似ていたが、それよりずっと酷い状態だった。

「寒い……。気持ち……わるい……」

寝返りを打つことも自分の身体を抱くこともできず、敏生は力なく呟《つぶや》いた。

全身が小刻みに震えているのがわかる。身体《からだ》の芯《しん》まで凍えるほど寒いのに、何故《なぜ》か顔も背中も、冷たい汗にびっしょり濡《ぬ》れていた。

呼吸が酷《ひど》く大儀だった。胸の上にセメント袋でも載っているのかと思うほど、息を吸い込むのが困難である。喘《あえ》ぐように忙《せわ》しい呼吸を繰り返していても、酸素が少しも身体に入ってこない気がした。

(ここはどこ……？　龍村先生……は……)

敏生は眩暈《めまい》に耐えかねて、目を閉じた。脳裏に、気を失う直前に見た光景が浮かぶ。そう、気絶した龍村にすがりついたところで、背後から項《うなじ》に何かを押し当てられた。次の瞬間、バチッという鋭い音とともに、猛烈なショックで目の前に星が飛んだ。

(……そうだ……それで、意識がなくなって……。いったいあれは何だったんだろ。それに僕は……どうなっちゃったんだろう……)

あれからいったいどのくらい時間が経《た》ったのか……。敏生は、再び目を開けてみた。どうやら、今は夜明け前か夕暮れ時らしかった。部屋の中は暗く、空気は淡い灰色に沈んでいる。

(今……何時、かな)

脳の代わりに綿でも詰まっているかのように、頭の働きが鈍くなっているのが自分でもわかった。集中してものを考え続けることができない。ともすれば、ぐずぐずと眠り込んでしまいそうだ。

（駄目だ……考えなきゃ。ちゃん……と……）

いったい、誰が自分たちを襲ったのか。そして、自分はどこに連れ込まれたのか、龍村は無事なのか……。

考えるべきことはわかっているのに、思考するだけの気力がない。

「あまもと……さ……」

無意識に、唇が大切な人の名を形作る。

――何だい？

いつもの穏やかな返事が、聞こえた気がした。だが、頭を撫《な》でてくれる大きな冷たい手も、抱き締めてくれる広い胸も、そこにはない。

身体《からだ》が自分の意志にまったく従わないことへの不安と、絶えず全身を襲う不快感と、自分が誰かの手によって見知らぬ場所に監禁されていることへの恐怖。……そんなマイナスの感情だけが、小さな身体いっぱいに澱《よど》んでいた。

「あま……と……さん……」

祈りの言葉のように名を呼びながら身体に力を込めると、手がほんの少し動かせた。そのわななく指で、敏生は周囲を探《さぐ》った。指先に触れるのは、冷たいシーツ……どうやら、布団《ふとん》の上に寝かされているらしい。

（誰が……どうして……。ここは…………どこ……）

ふと、右手の指先に何か硬いものが触れた。敏生は必死の努力でそちらに首を傾ける。目に神経のすべてを集中させると、ぼやけていた視界が少しずつクリアになってきた。気が遠くなるほどの時間をかけ、敏生はようやく指先にあるそれに焦点を合わせることができた。

ほんの数秒、鮮明に見えたそれは……プラスチックの細い注射器だった。使用済みらしく、針のキャップは外れたままで、針と注射器本体の接合部に逆流した血液が溜《た》まっている。

「……う、しゃ……き……？」

（まさか……誰かが僕に……何かを注射した？　だから僕、こんな状態に……）

信じられないような話だったが、この異常な不快感が自然なものとはとても思えない。

（僕……殺される……のかな……）

気を抜くと、フウッと意識が遠くなる。目を閉じれば、そのまま死の闇《やみ》に取り込まれてしまいそうだった。

「逃……な、きゃ」

確かに誰かが自分に害を為《な》そうとしている。それを悟ったとき、危機感からほんの少し力が戻った。敏生は、眩暈《めまい》に耐えて周囲を見回す。

霞《かす》む目に映ったのは、まったく見覚えのない殺風景な部屋だった。自分の寝かされているベッドとそのそばにあるクローゼット、机と椅子《いす》、部屋の隅にささやかな台所。その向こうに、外へ通じる扉が見える。まるで大学生の下宿のようにコンパクトな空間である。だが、家具こそあるものの、こまごました小物類が見られず、生活感がまったくない。

(誰も……いない……?)

室内には人の姿がなかった。敏生をここに連れてきた人物は、敏生に注射を打ち、動けなくしてから外出したのだろう。

逃げるなら今だ。

その思いが、敏生にわずかに残った力を振り絞らせた。両手でシーツを掻《か》きむしり、何とかベッドの端まで辿《たど》り着《つ》く。だが、足を下ろして立ち上がることはできず、敏生はそのまま冷たい木の床に転げ落ちた。受け身の姿勢が取れないのでしたたかに肩や顔面を打ち、敏生は掠《かす》れた悲鳴をあげた。だが、どうやら打たれた注射は感覚のすべてを鈍麻させるものらしく、打撲の痛みは想像したより弱い。

荒い息を吐きながら、敏生はうつ伏せになって床を這《は》った。空気がゼリーのように身体《からだ》に絡《から》みつき、自分を引き留めている気がした。視界がぐにゃぐにゃと歪《ゆが》んだり揺れたりして、あまりの気持ち悪さに、敏生は何度も苦い胆汁を吐いた。

三十センチ進むのに、信じられないほど長い時間がかかる。それでも、喘《あえ》ぎ喘《あえ》ぎ這いずり続けて、敏生はようやく戸口に辿《たど》り着《つ》いた。

(小さくなったアリスって……こんな感じだったのかなあ……)

ぼやけた頭で、ふとそんなことを思う。立ち上がれない今の敏生には、ドアノブが遥《はる》か頭上に見えた。

「……ん……、ッ!」

それでも何とかノブに触れようと、敏生は土間に上半身を落とし込んだ無様な姿で腕を伸ばそうとする。

そのとき。

ガチャッ。

乾いた音を立ててノブが回り、扉が外に向かって大きく開いた。扉に片手を掛けてどうにか身体《からだ》を持ち上げようとしていた敏生は、ゴツンと顎《あご》から土間に倒れ込む。衝撃で舌を嚙《か》み、たちまち口の中に血の味が広がった。

そして、敏生の目に映ったのは、二つの靴……人間の足だった。

「……あっ」

(しまった……!)

おそらく、目の前にいるのが自分を拉致《らち》した人間なのだろう。頭は逃げろと危険信号を激しく発しているのに、いったん力が抜けた身体は、もう一ミリも動いてくれない。

（くそ……逃げなきゃ、逃げなきゃ……ッ）

手を伸ばせば、そこにもう外の世界が広がっているのに、どうしても届かない。焦《あせ》るばかりの敏生は、次の瞬間、うっと息を呑《の》んだ。

それまで芋虫のように転がっている敏生をじっと見下ろしていたらしき「誰か」が、急に行動を起こしたのだ。うつ伏せのままだった敏生の襟首を摑《つか》み、強引に引き上げる。

「……あうッ！」

そのまま強い力で部屋の中へ投げ飛ばされ、力の抜けた華奢《きやしや》な身体《からだ》は、ボロ雑巾《ぞうきん》のように床に叩《たた》きつけられる。痛みより、そのたびに視界が激しく揺れ、酷《ひど》い船酔いのような吐き気が込み上げるのがつらかった。

扉が閉まり、錠を下ろす音が響く。

「……ふっ……う……」

もう吐く物が何もないのに嘔吐《おうと》の発作を繰り返す敏生の前に、部屋に入ってきた「誰か」がゆっくりと膝《ひざ》をついた。床で擦《す》り剝《む》いて血の滲《にじ》む敏生の顎《あご》に手を掛け、ぐいと持ち上げる。

頰《ほお》に相手の息がかかるのを感じて、敏生は重い瞼《まぶた》を引き上げた。目的は皆目見当がつかないが、自分を拉致《らち》した相手とせめて視線で戦おうと、目の前にある顔に必死で焦点を結ぶ。

だが……やがてその視界いっぱいに映った顔を見て、敏生は凄《すさ》まじいショックを受けた。それは、敏生が初めて見る顔ではなかったのである。

「……な……んで……？」

敏生の全身が、冷水を浴びせられたようにガタガタと震え始めた。血の気の失《う》せた唇が、わななきながらも切れ切れに言葉を吐き出す。

「……あ……あなた……は……ッ」

嘘《うそ》だと言ってほしい。これは何かの間違いに違いない。

そんな思いをすべて裏切るように、温かな手のひらがスルリと敏生の頬《ほお》を撫《な》でる。そのいやに優しい感触に心を切り裂かれるような痛みを感じつつ、敏生はついに気を失い、冷たい床に倒れ伏した……。

海月奇談[下]につづく

上巻のためのあとがき

皆さんお元気でお過ごしでしょうか、椹野道流《ふしのみちる》です。

表紙を見て「げッ」とお思いの方も多かったと思いますが、今回は上下巻です。基本的に、「奇談《きだん》シリーズ」は一冊一話完結の形を取りたいと思ってきました。実際、健康上の事情でやむなく上下巻にした『土蜘蛛奇談《つちぐもきだん》』以外は、基本的に一冊ずつ独立して読めるように書いています。

ですが、ずっと頭の中で構築していたにもかかわらず、書くのがつらくて、嫌で嫌で先延ばしにしてきた話を、そろそろ腹を括《くく》って書かなければ……と思い立ったとき、どうしても一冊では終わらないことに気がつきました。それで、担当さんにモジモジと打診してみたところ、「自分で墓穴を掘る覚悟ならいいですよ」というお返事が。

墓穴。身体《からだ》は一つしかないのに、今までいくつ掘ったことか。もう何回死んでも大丈夫なくらい、その辺じゅう穴だらけです。今さら一つ増えたところで、何も変わりはしないわ！　というやけっぱちの覚悟で、上下巻に踏み切りました。

ここのところ、どちらかといえば息抜き的な話が続いていたのですが、今回はかなりハードな展開です。もう本編を読み終わった方は、かなりお疲れなのではないかとちょっと心配。しかし長いだけあって、オールキャストで賑《にぎ》やかにお送りしております。言うまでもなく、常に神出鬼没のトマスパパも、前作『琴歌奇談《ことうたきだん》』で登場した妖魔《ようま》の術者辰巳司野《たつみしの》も登場します。いちばん先にあとがきを読むという方は、どうぞお楽しみに。

作中にやたら食べる場面が出てくるため、どうやら私のことを凄《すご》いグルメだと思っておられる方も少なくないようなのですが……実は私、相当な「おいしまずいものスキー」です。

おいしまずいもの。それは、美味《おい》しいとまずいの境界線上にある食べ物……もっとハッキリ言うなれば、「決して素晴らしく美味しいわけではないんだけど食べられないほどまずくもなく、何となく癖になってしまう」食べ物のことです。

特定の食べ物の名前を出すのは、私にとっておいしまずいそれが、誰かにとっては至高の味だったりすると非常に不都合なので自粛すべきだと思うのですが……。おそらく「コレが死ぬほど好き！」という人は私以外いないだろうと踏んで一つだけ挙げるとすれば、バナナハワイアンピザ。ハム、コーン、オニオン、チーズ、パイナップルのピザに、さらにバナナのスライスを敷き詰め、がっちり焼いたものです。読んだだけで、「うえっ」となってしまう人が多かろうと思いつつ、敢《あ》えて力説させてください。これが究極のバランスを保った「おいしまずい」食品なのです。「ぐあ、甘いのと酸っぱいのとしょっぱいのが混ざってたまらん。これはやばい組み合わせだったかな。やっちゃったなあ。……あ、でも慣れてきたらいけるかも。面白い味かも……。いや意外に美味《おい》しいかも」と徐々に好印象になっていき（笑）、気がついたらまた食べたくなっている魅惑の食べ物。皆さんも、宅配ピザのメニューにハワイアンを見つけたら、是非一度、家でバナナをプラスして焼き直してみてください。きっと、新しい世界が開けますよ～。

今回の原稿を書いている間、何故《なぜ》かレミオロメンの「雨上がり」をやたらと耳にしました。ラジオやケーブルテレビで一日に数回聴いて、すっかり頭にこびりついてしまい……。そんなつもりはないのに、何となく作品の底辺にモチーフとして居座ってしまった気がします。雨上がり。その言葉を聞いただけで、湿った土の匂《にお》いとか、空気の重さとか、木洩れ日と遠ざかる雨雲のコントラストとか、濡《ぬ》れた傘《かさ》とか……いろいろなものが思い浮かぶあたり、日本語には本当に情緒的な言葉がたくさんあるなあ、としみじみ感じました。

実際はほとんど土砂降りのような上巻ですが、下巻では気持ちよく雨上がりを書けるかな、そうなるといいな、と念じつつ、気を緩めずに頑張っていこうと思います。

それから、恒例の話です。お手紙に①80円切手②タックシールにご自分の住所氏名を様付きで書いた宛名《あてな》シール（両面テープ不可）を同封してくださった方には、特製ペーパーを送らせていただいています。作品の裏話や料理レシピ、それに同人誌情報といった情報満載の紙切れです。原稿の合間にペーパーを作り、少しずつお返事しますので、かなり時間がかかります。申し訳ありませんが、広い心で待っていただけます方のみご利用くださいませ。

また、お友だちのにゃんこさんが管理してくださっている椹野後見ホームページ「月世界大全」http://moon.wink.ac/でも、最新の同人情報やイベント情報がゲットできます。ホームページでしか読めないショートストーリーもありますので、パソコンをお持ちの方は、今すぐアクセスしてみてくださいね！

さて、それでは次回予告。言うまでもなく、次は『海月奇談[下]』です。ただし、『土蜘蛛奇談』のときのように、四か月お待たせするような酷《ひど》い振る舞いはいたしません。担当さんとの当初の約束どおり、中二か月！　二か月後には、可哀相《かわいそう》な敏生《としき》を何とかしてやりたいと思っております。楽しみに、あるいはハラハラしながら待っていてくださいね！

では、最後にいつものお二方にお礼を。
担当の鈴木《すずき》さん。「敏生を酷《ひど》い目に遭わせることには大賛成です」という素敵メールで、ずっと躊躇《ためら》っていた気持ちが吹っ切れました。おかげさまで、敏生を思う存分酷い目に……いや、まだまだこれからかな……。
イラストのあかまさん。新キャラ司野をとても魅力的に描《か》いていただけて、嬉《うれ》しかったです。あのうざうざな視線が今回も見られるのでしょうか。いつか、司野と小一郎《こいちろう》を対面させてみたい、それをイラストで見たいという野望が。どっちも目つきが悪そうで、楽しみです……。

それではまた、次回は特に近いうちにお目にかかります。ごきげんよう。

——皆さんの上に、幸運の風が吹きますように……。

椹野《ふしの》　道流《みちる》　九拝

椹野道流先生へのファンレターのあて先

〒112-8001　東京都文京区音羽2-12-21　講談社　X文庫「椹野道流先生」係

あかま日砂紀先生へのファンレターのあて先

〒112-8001　東京都文京区音羽2-12-21　講談社　X文庫「あかま日砂紀先生」係

N.D.C.913　270p　15cm

椹野道流（ふしの・みちる）

2月25日生まれ。魚座のO型。兵庫県出身。某医科大学法医学教室在籍。望まずして事件や災難に遭遇しがちな「イベント招喚者」体質らしい。甘いものと爬虫類と中原中也が大好き。『人買奇談』から始まる〝奇談シリーズ〟が代表作。オリジナルドラマCDとして『幽幻少女奇談』『生誕祭奇談』がある。

講談社X

white heart

海月奇談《かいげつきだん》㊤

椹野道流《ふしのみちる》

●

2003年8月5日　第1刷発行

定価はカバーに表示してあります。

発行者――野間佐和子

発行所――株式会社 講談社

東京都文京区音羽2-12-21 〒112-8001

電話 編集部 03-5395-3507

販売部 03-5395-5817

業務部 03-5395-3615

本文印刷―豊国印刷株式会社

製本―――有限会社中澤製本所

カバー印刷―半七写真印刷工業株式会社

デザイン―山口 馨

ISBN4-06-255687-1

ホワイトハート最新刊

毎月奇談 上
椹野道流　●イラスト／あかま日砂紀
「奇談」ファミリーに最大の試練が襲う!!

裏切りの報酬—スリリング・シティ
井村仁美　●イラスト／如月弘鷹
捜査員の慎一が潜入先で出会った美少年は……。

Kage 夢見の鏡
花月幸星　●イラスト／小林みね
光と影、美vs.妖——新たなる局面へ！

人魚の黒珠 仙姫幻想
桂木　祥　●イラスト／珠黎皐夕
不死の少女が対峙した、人を惑わす妖とは!?

深青都市
紗々亜璃須　●イラスト／藤真拓哉
風月《ふづき》の家に転がり込んだ少年少女の正体は!?

背信の罪深きアリア 英国妖異譚SPECIAL
篠原美季　●イラスト／かわい千草
待望のユウリ、シモンの出会い編。

水晶の娘セリセラ 上
ひかわ玲子　●イラスト／由羅カイリ
ひかわ玲子のライフワーク、久々の新作。

うたかた 斎姫異聞 外伝
宮乃崎桜子　●イラスト／浅見　侑
光少将《ひかるしょうしょう》こと藤原《ふじわらの》重家《しげいえ》出家に秘められた恋!!

ホワイトハート・来月の予定(9月5日発売)

十二国記 アニメ脚本集③……脚色/會川 昇　原作/小野不由美
七星の陰陽師 人狼編②………岡野麻里安
聖界のプリズム……………騎嶋美千子
黒く光る月夜の森……………仙道はるか
幸福の調子……………………月夜の珈琲館
獣と獲物のカリキュラム………永谷やん
青嵐幻想………………………成田空子R
※予定の作家、書名は変更になる場合があります。